KB078455

敬神崇文

陶鎔慶陽

천미신교
낙양지부

천마신교 낙양지부 6

정보석 新무협 판타지 소설

초판 1쇄 찍은 날 § 2017년 10월 13일
초판 1쇄 펴낸 날 § 2017년 10월 20일

지은이 § 정보석
펴낸이 § 서경석

편집책임 § 이선근
편집 § 김슬기

펴낸곳 § 도서출판 청어람
등록번호 § 제387-1999-000006호
등록일자 § 1999. 5. 31
어람번호 § 제2-2726호

주소 § 경기도 부천시 부일로 483번길 40 서경B/D 3F (우) 14640
전화 § 032-656-4452   팩스 § 032-656-4453
http://www.chungeoram.com
E-mail § chungeorambook@daum.net

ISBN 979-11-316-91480-5 04810
ISBN 979-11-316-91369-3 (세트)

6

천미신교 낙양지부

정보석 新무협 판타지 소설

FANTASTIC ORIENTAL HEROES

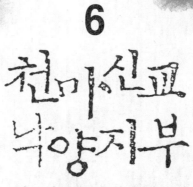

도서출판 청람

제이십육장(第二十六章)

앞은 깜깜했다.

대신 피가 펄펄 끓어 혈관을 녹이는 듯한 느낌이 전신을 지배했고, 공중에서 허우적거리는 팔다리는 아무것도 할 수 없다는 극심한 허탈감을 선사했다. 그의 육체가 낙하함에 따라, 도저히 감당할 수 없는 느낌이 신경을 타고 휘몰아쳐 도저히 제정신을 차릴 수 없었다.

그러나 떨어짐의 시간이 계속되면 계속될수록, 처음에 느껴졌던 그 쾌감과 공포는 서서히 무뎌져만 갔다.

심장박동도 원래대로 돌아왔고, 잔뜩 긴장했던 근육과 뼈도 제자리를 찾았다.

이제는 슬슬 지루해지기 시작했다.

그 정도로 피월려는 오랫동안 떨어졌다.

떨어지고, 떨어지고, 떨어지고⋯⋯.

그는 자기가 떨어지고 있다는 사실을 망각할 만큼 오랜 시간 동안 낙하했다.

아니, 낙하했던가?

피월려는 무심코 자기의 팔을 들어 보았다. 그리고 눈앞에서 팔을 멈췄는데, 그의 소매는 팔을 따라 멈추지 않고 더 올라가다가, 다시 팔에 걸려 작은 떨림과 함께 부유했다. 그의 옷깃은 손가락의 작은 떨림에도 영향을 받으며, 별도로 움직였다.

피월려는 눈길을 돌리면서 고개를 좌우로 흔들었다. 공중을 헤엄치는 그의 머리카락이 시야를 어지럽혔다.

마치 춤추는 명기의 손에 의해 공중에서 하늘거리는 얇은 천과 같았다. 혹은 별도의 생물인 것처럼 변칙적으로 움직였다.

마치 물속에 있으나, 흐름이나 저항력은 없는 느낌. 아무것도 없는 캄캄한 밤하늘에 홀로 떠 있는 것이다. 피월려는 대체 언제 몸이 추락(墜落)하던 것이 공중에 부유(浮游)하는 것으로 바뀌었는지 알 수 없었다. 아무리 기억해 내려고 애를

써도 떠오르지 않았다.

그것은 어찌 보면 당연하다.

십계십승의 방에서 떨어진 이후로 지금까지 환경에는 어떠한 변화가 없었다.

아무것도 보이지 않았고, 아무것도 들리지 않았고, 아무것도 느껴지지 않았으며, 아무 냄새도 없었고, 아무런 맛도 없었다.

환경의 변화에 민감한 기억 능력은, 환경이 변하지 않는 한 발동되지 않기 때문에 환경이 전혀 변할 수 없는 곳에 놓인 피월려의 기억 능력은 전혀 기능을 하지 않았다.

그는 하루 전에, 한 시진 전에, 일각 전에, 무슨 생각을 했는지 기억할 수 없었다. 아무것도 보이지 않는 곳에서 용안은 무력했고, 그의 정신이 시간으로부터 멀어지는 것을 막을 수 없었다.

뭔가 하려고 의지를 갖추면 곧 잊어버렸다.

무언가를 생각하면 또다시 잊어버렸다.

그러나 그는 생각을 멈추지 않았다.

생각하는 것 이외에 그가 할 수 있는 것은 아무것도 없었고, 그 뜻은 그가 생각하지 않는다면, 죽은 것과 다름이 없기 때문이다.

무(無)만이 존재하는 이곳에서 생각은 곧 생명이고, 그의 존재다.

그러나 그의 노력에도 그의 사고(思考)는 수시로 무로 되돌아갔다.

기억이라는 아주 작은 흔적만을 남길 뿐이었다.

그러나 그는 멈추지 않고 반복하고 또다시 반복했다.

한 번을, 열 번을, 백 번을, 천 번을, 만 번을, 억 번을.

아주 작은 흔적은 작은 흔적이 되고, 흔적이 되고, 큰 흔적이 되고, 아주 큰 흔적이 되었다.

희망의 빛은 갑작스레 찾아왔다.

피월려는 역화검을 인지하는 데 성공했다.

"역화검? 왜 여기에… 아니지… 애초에 어떻게 보이는 것이지?"

온통 검은 세상에는 작디작은 흰 돌조차 그 존재감을 사방으로 뿜어낸다.

오로지 무(無)만이 가득한 그 세상에서 역화검의 존재감은 그의 무상을 깨뜨릴 만큼이나 컸다.

그의 머리카락이 다시 보였고, 그의 옷이 다시 보였다.

모든 것이 하나하나 그의 시야에 들어오기 시작했다.

소리도 감각도 냄새도 맛도, 모두 돌아왔다.

피월려의 몸은 다시 낙하했다.

"으아악!"

좌추와 감옥을 탈출하면서 느꼈던 그 짜릿한 쾌감이 다시 한번 전신을 강타했다.

피월려는 여자처럼 비명을 지르면서, 떨어지는 몸을 가누고자 안간힘을 썼다. 그러나 노력은 모두 수포로 돌아간 채, 그의 몸은 속수무책으로 낙하했다.

그리고 한 물체에 충돌했다.

물컹! 물컹!

부드러운 질감의 어떤 것이 피월려의 피부를 때리면서 그의 속력을 낮추기 시작했다.

한 번씩 흔들거릴 때마다 다소 귀여운 소리를 내었지만 피월려는 그런 것에 신경 쓸 겨를이 없었다. 그렇게 점차 힘이 물체 전체로 분배되어 감에 따라, 어지럼증을 유발하는 상하 운동은 서서히 사그라졌다.

피월려는 처음에 이곳이 매우 푹신한 양털로 가득 찬 거대한 호수라고 생각했다.

흰색으로 보이는 면 위에 나 있는 자글자글한 양털로 보이는 것들이 그의 피부를 간지럽게 했기 때문이다. 그러나 그는 곧 이 거대한 호수라 생각했던 것이 하나의 거대한 곡면(曲面)을 가지고 있다는 것을 깨달았다.

그는 그 자리에서 일어나, 주변을 둘러보았다. 그랬더니, 그가 밟고 서 있는 그 거대한 곡면이 그가 서 있는 곳에서부터 모든 방향의 아래로 치우쳐 내려가는 것을 볼 수 있었다. 마치 솥뚜껑처럼 중심에서부터 점차 아래로 향해 있는 것과 비슷했다.

피월려는 그 중심에 서 있는 것이다.

한 가지 다행인 것은, 그의 무게 때문에 주변이 움푹 패어, 가장 높은 곳에 있었음에도 안정감을 찾을 수 있었던 것이다. 만약 이 거대한 곡면이 단단한 물체였다면, 진작 굴러서 아래로 떨어졌을 것이다.

그러나 여기서는 아무것도 할 수 없었다. 천상 아래로 내려가야 한다.

피월려는 역화검을 추켜세워 경계 어린 눈빛으로 주변을 둘러보면서 한 발, 한 발씩 느리게 걸어, 점차 중심지를 벗어났다. 곡면이 얼마나 푹신한지, 마치 무릎 높이로 쌓인 눈길을 밟는 것처럼 발걸음 하나하나에도 그 주변이 움푹 꺼졌다. 그리고 다시 발걸음을 떼면 강한 탄력 때문에 순식간에 원상 복귀가 되었다.

뽀옹! 뽀옹!

발걸음을 뗄 때마다 나는 소리가 피월려의 신경을 점점 거슬리게 했다. 그의 발걸음을 확인이라도 시켜주듯 아주 귀여운 소리를 내는데, 앞으로 걸음을 걷는 피월려의 입장에서는 보이지 않는 뒤쪽에서 나는 그 소리가 신경이 쓰이지 않을 리 없었다.

그는 제자리에 서서 발걸음을 하나하나 떼어보면서, 그 소리의 진원지를 직접 눈으로 확인하고 말겠다는 이상한 집착에 사로잡혔다.

그는 아래에 시선을 향하면서 엉거주춤한 자세로 다리를 하나씩 들어보았다.

뽀옹! 뽀옹!

뭔가 재밌다.

뽀옹! 뽀옹!

네 번을 반복한 그는 어린아이와 같은 자신의 행동에 유치함을 느끼면서 실소했다.

고개를 도리도리 저으며 자신에 대한 한심함을 표현한 그는 다시 발걸음을 내디뎠다.

그런데 하필 그가 발걸음을 내디딘 곳이, 곡면 위에 난 잔털이 유독 많은 곳이었다. 예상보다 훨씬 작은 마찰력 때문에 걸음걸이가 갑자기 확 꼬였고, 아무리 푹신한 곡면이라 하나 아래쪽으로 기울어지는 구간이라 그런지 자세를 도로 잡을 수 없었다.

"어어! 어엇? 으악!"

누가 보면 입을 쩍 벌리고 탄성을 지를 만큼 벌러덩 넘어진 피월려는, 미끈거리는 곡면을 타고 아래로 굴러떨어지기 시작했다.

한참을 미친 듯이 구른 그는 그 곡면의 가장자리에서 떨어져 나가 또다시 아래로 낙하했다.

그러나 이번에는 비교적 매우 짧은 높이였다.

풍덩!

피월려는 정신을 바짝 일깨우는 찬기가 피부를 쓸어내리는 느낌과 함께 숨이 턱 막히는 기분이 들었다. 꼬르르 하는 공기 방울 소리가 귓가에 어렴풋이 맴도는 것이, 이번에는 확실히 물속에 빠진 듯싶었다.

그는 서둘러 팔다리를 쫙 뻗어 중심을 잡고 위아래를 본능적으로 가늠한 뒤에, 물속을 가르며 물 위로 떠올랐다.

"푸하! 푸핫! 푸하!"

거친 숨을 몰아쉰 그는 일단 땅으로 보이는 곳으로 헤엄쳐 갔다.

그런데 그런 긴박한 상황임에도 분명히 눈으로 본 땅의 색이 파란색이라는 사실에 의구심을 품지 않을 수 없었다.

그리고 그는 그 정체불명의 청지(靑地)에 올라와, 몸을 뉘어 하늘을 보았다.

넓은 보랏빛 하늘.

검은색의 구름.

청록색의 강.

그리고 높디높은 버섯.

피월려는 즉시 눈을 비비고 다시 보았다. 그러나 그가 봤던 풍경에서 달라진 것은 없었다.

푸른 하늘은 보랏빛이 되어 있었고.

흰 구름은 검은빛이 되어 있었고.

맑은 물의 강은 청록빛이 되어 있었고.

높디높은 나무는 버섯이 되어 있었다.

"버… 버섯? 내가 저 거대한 버섯에서 떨어진 거란 말이야?"

피월려는 방금 있었던 그 푹신푹신한 곡면이 바로 거대한 버섯의 위였을 줄은 꿈에도 상상하지 못했었다.

그는 눈을 비비는 것을 멈추고 젖은 머리카락을 쥐어뜯었다.

시야가 아니라 정신을 의심해야 했기 때문이다.

그것이 아니라면 지금 상황을 설명할 수 없다.

"오호라? 새로운 녀석이군?"

피월려는 고개를 휙 돌려 목소리가 난 쪽을 바라보았다. 어떤 기척도 느끼지 못한 터라 그의 표정에는 더욱 경계가 가득했다.

그리고 그 사람을 확인했을 때는, 역화검까지 꺼내 겨냥하며 전투할 만반의 준비를 했다.

그도 그런 것이, 그 사람의 행색이 기이하기 짝이 없었기 때문이다.

핏기가 하나도 없는 완전한 백색 피부에 심연이라 표현해도 좋을 정도로 진한 검은색의 머리카락을 가지고 있어 눈이 아파올 정도의 극대비(極對比)를 자랑했다. 그리고 상의와 하의가 하나로 이어진 그의 옷은 무지개 빛깔의 색상이 한 번씩 번갈아가며 실시간으로 뒤바뀌고 있었다.

그뿐만이 아니었다. 그의 겉모습은 청년인지 노인인지 알 수 없었고, 미남인지 추남인지도 알 수 없었다. 그저… 그런 것들을 가늠할 수 없는 행색이었다.

피월려는 미지에 대한 두려움을 애써 숨기며 물었다.

"누, 누구시오? 이, 인간이긴 한 것이오?"

"당연히 인간이지, 그럼 귀신이라고 생각했는가?"

"그런데 그 꼴은 무슨 꼴이오?"

"꼴? 내 꼴이 왜?"

"인간의 꼴이 아니오."

"인간의 꼴? 글쎄… 네 꼴하고 내 꼴하고 차이점이 뭐라고 그런 말을 하는지 모르겠다."

피월려는 얼굴을 찌푸리며 뭐라 반박하려 했다. 그런데 역화검을 잡고 있던 오른손의 피부가 유독 하얀 것이 눈에 띄어 뭐라 말을 이을 수 없었다.

그는 즉시 자기의 몸을 둘러보았고, 겉모습이 그 사람과 다를 바 없이 이상한 것을 깨달을 수 있었다.

그가 즐겨 입던 흑의는 온데간데없고, 푸른색의 용이 똬리를 튼 새하얀 백의가 있었다.

그 청룡은 새빨간 선혈과 같은 눈동자를 이리저리 굴리면서 마치 피월려의 옷이 자기의 개천인 것처럼 자기 마음대로 돌아다녔다.

마치 똥개가 자기 꼬리를 붙잡으려고 뱅뱅 도는 것처럼 한시도 가만히 있지 않고 자기의 꼬리를 물으려 했으나, 번번이 수포로 돌아갔다.

자기가 눈으로 본 것을 믿을 수 없던 피월려는 설마 하는 생각에 청록색의 강에 얼굴을 비춰보았다. 그곳에는 그가 익히 잘 아는 자기의 얼굴이 드러났지만, 마치 그 남자와 같이 명암이 전혀 없었다.

새하얀 피부와 진한 흑색의 머리카락은 서로의 영역을 침범하지 않은 채, 완전히 독립적이고 개별적인 색깔을 띠었다.

피월려는 무언가 머리를 스치는 생각에 눈을 들어 그 세상 전체를 보았다. 그리고 발견했다.

이상한 빛깔로 가득한 그 세상은 그것만으로도 아주 기이했지만, 그보다 더 기이함을 돋보이게 하는 것이 바로 명암의

부재라는 것을.

빛이 있으면 명암이 있을 수밖에 없다. 똑같은 붉은색이라
해도 어떤 빛에 의해서 보이느냐에 따라 그 색이 조금씩 변한
다.

조금 어두울 수도 있고 조금 밝을 수도 있다. 그러나 이 세
상에 존재하는 붉은색은 그런 것이 전혀 없었다. 조금의 밝음
도 조금의 어둠도 없는 오로지 개별적인 일색(一色)의 조합으
로만 이뤄져 있었다.

광원(光原)이 없는 세계.

흔하디흔한 그림자도 없다.

피월려가 그것을 깨닫는 순간 그의 시야는 모조리 사라졌
다.

온 세상의 빛이 모두 사라진 것처럼, 그는 눈으로 아무것도
볼 수 없게 되었다.

소리도, 느낌도, 냄새도, 맛도, 없어진 시야를 따라 점차 희
미해졌다.

"갈(喝)!"

귀청이 떠나갈 듯한 굉음이 피월려의 정신을 자극했다. 몽
롱한 가운데 갑자기 정신을 차린 그는 토끼처럼 놀란 눈동자
로 주변을 둘러보았다.

앞에는 아까 보았던 그 수상한 남자가 가까이 다가와 있었

는데, 그는 거친 손길로 피월려의 머리를 붙잡고 있었다.

"돌아왔느냐?"

젊은 목소리인지 늙은 목소리인지, 구별이 안 되는 묘한 목소리가 물었고 피월려는 어리둥절한 표정으로 말했다.

"무, 무엇이 어떻게 된 것이오?"

"다행이군. 하마터면 또다시 무혈지옥에 떨어질 뻔했어."

"무혈지옥? 내가 말이오?"

"그렇다. 아무것도 없는 무의 공간이지. 경험하지 않았느냐?"

피월려는 눈동자를 굴렸다.

"어렴풋이… 매우 흐릿하지만, 기억이 나긴 나오. 그 공간이 무혈지옥이오? 그렇다면 참회동은 어디이오?"

그 남자는 손을 떼었다.

"이 세상이 바로 참회동일세."

피월려는 고개를 흔들었다.

"소림파에서 이런 마법과도 같은 공간을 숨기고 있었다니 참으로 믿기 어렵소."

피월려의 감탄에 그 남자는 비웃는 듯이 코웃음을 내었다.

"소림파에서는 이 공간을 전혀 알지 못하네. 그놈들은 그냥 작은 동굴 속에, 마치 잘 담근 술을 보관하듯 마인을 산 채로 매장해 놓은 것뿐이야. 여기는 현실의 참회동이 아닌 이면 세계의 참회동이지."

"그 말은 여기가 현실세계가 아니라는 것이오?"

"주변을 보게. 현실이라 생각하나?"

피월려는 여전히 마음을 뒤숭숭하게 만드는 기이한 환경을 보며 한숨을 내쉬었다.

"전혀. 환상의 세계라고 생각하오."

"환계(幻界)가 아닐세. 여긴 이계(裏界)일세."

"무슨 차이가 있는 것처럼 말하는 것 같소?"

"하… 진부한 이야기가 될 것 같군. 일단 내 거처로 가면서 이야기하지."

피월려는 두 눈을 가늘게 모았다.

"먼저 걸으시오."

"경계하는 건가? 뭐, 좋네."

그 남자는 태연한 표정으로 뒤돌아 걸음을 옮기기 시작했고, 피월려는 역화검을 그의 등 뒤에 겨냥한 채로 뒤를 따라 걸었다.

그러자 그들이 걷는 청색의 땅 위로 검은색의 길이 새싹이 돋듯 피어났다.

점점 정면으로 나뭇가지처럼 뻗어 나가는 그 흑로(黑路)는 육안으로 겨우 확인할 수 있는 먼 지점에서부터 땅 위가 아닌 하늘 위로 솟구쳐 올랐다.

그리고 물감이 물 위에 번지듯 공중에 넓게 퍼지며 뱅글뱅글 돌더니, 한 가족이 살 수 있을 만한 크기의 흑색의 초가집을 만들어내었다.

예술이라고밖에 표현할 수 없는 멋진 그 광경을 보며 피월려는 넋을 놓았다. 그러나 그 남자는 아무렇지도 않은 듯 걸음을 걸었고, 피월려는 이내 다시금 그 남자를 따라 흑로 위로 올라섰다.

피월려는 남자에 대해서 궁금해졌다. 이면의 세계에서 흑색 초가집에 사는 수상한 남자가 궁금하지 않다면 무엇이 궁금할 수 있겠는가?

"성함이 어떻게 되십니까?"

다소 공손하게 물은 피월려의 질문에 그 남자는 한 손을 들어 흔들거렸다.

"안 되지, 안 돼. 내 영역에 들어가기 전까지 내 이름을 알려줄 수는 없네."

"무슨 뜻입니까?"

"이계에 처음 왔으니 이해할 수 없겠지만, 혹시나 자네가 나를 노리고 연기를 하는 것일 수도 있으니까. 함부로 이름을 말해줄 수는 없네. 먼저 말씀하시게."

"예?"

"이름 말일세. 먼저 말씀하시게."

피월려는 진실하게 말하려 했지만, 그 남자의 말투가 마음에 걸렸다.

왠지 이름을 숨기는 것이 안전할 것 같았다.

그는 간단하게 거짓을 말했다.

"왕일입니다."

"왕일? 그것이 네 이름인가?"

"예."

예! 예! 예! 예! 예!

피월려의 마지막 말이 입에서 나오자마자, 온 세상에서 피월려의 목소리가 주기적으로 울려 퍼지기 시작했다. 마치 큰 동굴 안에서 끊임없이 메아리가 울리는 것과 같았다. 한 가지 다른 점이라면, 메아리의 크기가 점차 줄어드는 것이 아니라, 점차 커지고 있다는 점이었다.

만약 역화검이 그의 오른손에 붙어 있지 않았다면 그는 진작 그것을 놓쳤을 것이다.

그 정도로 그는 놀라 버렸다.

그 남자는 그런 피월려를 한심한 눈길로 바라보았다.

"거짓말이군."

"……."

"그것도 자기 정체성에 대해서 거짓을 이야기했어. 매우 골치 아픈 일이 생기겠군. 그런 미련한 짓거리를 한 걸 보니, 자네가 새로 들어온 녀석이라는 확신이 생겼네. 이대로 내버려 둘 수도 없고……."

그 남자의 말이 들리지 않을 정도로 메아리가 커지자, 피월려는 걱정스러운 표정으로 그에게 크게 외쳤다.

"무슨 일이 일어나는 겁니까?"

"지금 자네는 자기 정체성에 대해서 부정한 것과 다름이 없는 것이야. 따라서 이 세계……."

그 남자는 뭐라고 열심히 설명했지만, 점점 더 커지는 메아리 속에 묻혀 들리지 않게 되었다.

피월려는 귀를 기울이는 시늉을 하며 들리지 않는다는 몸짓을 했고, 그 남자는 빠르게 다가와 그의 귓가에 대고 속삭였다.

"나는 즉추경마(即抽頸魔) 청신악! 어서 내 뒤에 숨게."

그의 이름을 듣자 피월려는 갑자기 애매모호했던 그의 얼굴이 뚜렷하게 변하는 것을 보았다.

자잘자잘한 주름과 검게 피어난 검버섯, 그리고 얼굴을 네 조각으로 나누는 큰 십자 모양의 흉터가 보이기 시작한 것이다.

피월려가 선뜻 움직이지 않자, 남자는 답답했는지 그의 어깨를 내려치며 재촉했다.

"어서!"

남자의 얼굴에 떠오른 심각함을 느낀 피월려는 그의 말대로 그의 등 뒤로 움직였다.

그러나 왜소한 체격의 노인인 그의 뒤에 몸을 숨기기에는 피월려의 키가 월등히 컸다.

"도대체 어떻게 숨으라는 것이오?"

"그냥 내 등 뒤에 있기만 해도 되네. 숨었다는 사실이 중요한 것이 아니라 숨었다는 생각이 더 중요한 것일세."

"그것이 무슨……."

피월려는 더 이상 말을 잇지 못했다.

거대한 금색의 불상이 보랏빛 하늘에서 툭 솟아나 혜성처럼 추락하여 그들의 앞에 떨어졌기 때문이다.

쿵! 쿠쿠쿵!

땅을 진동시키는 요란한 폭음과 함께 피월려의 메아리가 모두 사라져 버렸다.

하도 놀람의 연속이라 더는 놀랄 것도 없을 줄 알았던 피월려의 예상이 완전히 뒤엎어졌다.

하늘에서 불상이 떨어지다니?

그러나 그 금색의 불상은 하늘에서 떨어진 것치고는 매우 평범했다.

그것은 얇은 백의 하나를 걸친 관세음보살(觀世音菩薩)을 조각한 백의관음(白衣觀音)으로서 한쪽 무릎을 꿇은 자세로 앉아 있었다.

수인(手印)은 아미타정인(阿彌陀定印)으로, 양 손바닥을 하늘로 향하게 한 뒤 오른손 위로 왼손을 포개어 단전에 댄 상태로, 양손의 검지를 구부려서 엄지와 함께 둥근 형태를 만드는 상품상생(上品上生)이었다.

그러나 보통 불상과는 확연히 다른 점이 있었다. 그 불상은 몸의 굴곡이 매우 심하여, 여성성이 강조되어 있었다. 선한 인상의 얼굴과 금색이 아니었다면, 남자의 마음을 충분히 자극할 만한 색기가 곳곳에 숨겨져 있는 것이다. 또한, 가장 중요한 아미타정인이 오른손과 왼손의 위치가 역순으로 되어 있었다.

이는 마치 의도적으로 관음을 조롱하려는 목적을 가지고 만든 것과 같았다.

"부정자(不正者)는 어디 있느냐?"

그 불상이 입을 열어 고운 목소리로 물었다.

하늘에서 떨어진 것도 모자라 말까지 하는 그 불상을 보며, 피월려는 해탈의 경지에 이르는 기분이 들었다.

청신악은 어깨를 들썩였다.

"부정자? 부정자를 찾고 있는가?"

"그렇다."

"글쎄, 내 눈에는 안 보이는데?"

"이곳에 있었다."

"그런가? 그러나 여기선 누구도 나와 교류(交流)하지 않았다."

"정말인가?"

"한낱 인간인 내가 감히 관음에게 거짓을 고백할 수 있으랴! 진실이다."

"흐음! 알았다. 그대를 믿지."

그 불상의 몸이 갑자기 붕 뜨더니 자기가 나타났던 하늘로 되돌아가 버렸다.

피월려는 그 하늘을 바라보며 조심스레 물었다.

"그 부정자라는 게 혹시 납니까?"

"그렇네."

"저 불상은 나를 못 보더군요."

피월려는 청신악보다 키가 더 크기 때문에 딱히 찾을 필요도 없었다. 그러나 그 불상은 마치 피월려를 보지 못한 듯이 행동했다.

"내가 말하지 않았나? 내가 숨겼으니까 자네는 숨겨진 것일세. 그것뿐이지."

"……."

"생각보다 쉽게 위기를 넘겼으니 다행이군. 일단 집에 가세.

자세히 설명해 줄 테니."

청신악은 다시금 앞서 걸었고, 피월려도 곧 그를 따라 걸었다. 이번에는 역화검을 겨누지 않았다.

청신악은 앞장서 걸으며 말을 이었다.

"자네가 볼 때 이곳은 어떤 곳인 것 같나? 내가 무작정 설명해 주는 것보다는, 자네가 느끼는 궁금증을 해결하는 쪽으로 이야기를 해야 이해하기 쉬울 것 같은데 말이지. 한번 물어보게. 아! 그 전에. 이름부터 말하고."

피월려는 무엇을 먼저 말해야 할지 결정할 수 없을 정도로 궁금증과 질문들이 머릿속에 가득했다. 그래서 그는 막 느낀 것부터 질문했다.

"이 세상에서 이름이란 매우 중요해 보이는 것 같습니다. 지금도 제 이름을 굳이 물으시니 그 부분이 궁금합니다만."

"일단 이름을 말하게. 혹시 또다시 거짓을 말할 생각이면 관두고. 그 관음이 다시 찾아오면 그때는 못 막을 테니까."

"피월려입니다."

"피월려라… 아! 역시 남자였던가. 그런데 생각보다 매우 젊군. 어투를 보면 그래도 삼십은 넘었을 줄 알았는데 말이지……."

피월려는 미간을 가늘게 모으고 질문했다.

"그 말뜻은… 제가 남자인 것과 젊다는 것을 지금 아셨다는 말입니까?"

"그렇네. 이 세계에서는 이름을 듣고서 존재를 인지하기 전까지는, 겉모습을 잘 알 수 없네."

피월려는 청신악의 이름을 듣기 전까지 그의 얼굴조차 제대로 알 수 없었다는 것을 기억했다.

그의 얼굴에 있는 상처나 주름 같은 것부터 시작해서, 그의 목소리까지도 잘 파악할 수 없어 나이도 짐작하지 못했었다. 지금처럼 뚜렷하게 보이고 들리는 것은 그가 자기의 이름을 말하고 나서부터였다.

아니다.

원래 그의 얼굴이 흐릿하게 보였거나 목소리가 희미하게 들렸던 것이 아니다.

보이는 것도 들리는 것도 전혀 이상할 것이 없었다. 단지 그의 정신이 그것을 완전히 받아들이지 못한 것이다. 감각(感覺)에 문제가 있던 것이 아니라 인지(認知)에 문제가 있었던 것이다.

피월려는 고민하며 물었다.

"확실히 그랬던 것 같습니다만… 무슨 이유에서 그런 것입니까?"

"이 세상을 쉽게 설명하면 현실과 반대라고 보면 되네."

"반대라 하시면?"

"현실에서 한 사람이 다른 사람을 알게 되는 과정을 생각해 보게나. 처음에는 겉을 알게 되고, 그다음에 속을 알게 되지. 여기서는 그것이 반대로 적용되는 것일세. 속을 먼저 알아야 겉이 보이는 곳이야."

"이름이 왜 속입니까? 사람의 마음이 이름에 담겨 있는 것은 아닐 텐데요?"

"여긴 정신의 세계라고도 표현할 수도 있네. 즉 자각(自覺)으로 존재를 유지하는 세계. 인간이 자각하기 위해서는 자기의 이름이 필요하네. 따라서 한 인간의 정체성은 이곳에서 이름이 되는 것일세. 이 세상에서 이름을 안다는 것은 곧 그 사람을 안다는 것이며, 그 사람의 존재를 아는 것. 따라서 이름을 알기 전까지 그 사람의 겉모습이 제대로 보이지 않는 것일세."

"여전히 이해가 가질 않습니다."

"하하하. 그런가? 잠시 이쪽으로 와보게."

청신악은 호탕하게 웃으며 혹로 밖으로 벗어났다.

청지로 만들어진 산과 들판에는 피월려가 처음 안착했던, 그 거대한 버섯과 같은 것들이 듬성듬성 나 있었는데, 뜻밖에 정상적으로 생긴 꽃들도 들판에 피어 있었다. 단지 줄기와 뿌리가 보랏빛을 내는 것을 제외하면 말이다.

청신악은 가까운 꽃 중 하나를 꺾었다. 그러자 그 꽃은 미약하게 비명과도 같은 소리를 내면서 눈물을 흘리듯 초록빛

물방울을 꽃잎 끝에서 흘려보냈다.

"냄새를 한번 맡아보게. 무슨 냄새가 나는가?"

피월려는 코를 대보고 킁킁거렸지만 아무런 냄새도 맡을 수 없었다.

"아무런 냄새도 나지 않습니다만?"

"그런 사고방식은 이 세계에서 통하지 않네. 자네는 이 꽃에서 냄새가 나는지 나지 않는지 어떻게 알 수 있다는 말인가? 이 꽃을 기른 사람도 아니고, 이 꽃에 대해서 잘 아는 전문가도 아니면서 말일세."

"그거야 냄새가 나질 않으니 그런 것 아닙니까?"

"정확하네. 그러나 그렇다고 해서 이 꽃에서 냄새가 나질 않는다고 단정 지을 수 있나?"

"무, 무슨 뜻입니까?"

"예를 들면, 자네가 감기에 걸려서 코가 제 기능을 하지 않는 것일 수도 있지. 혹은 자네는 천성적으로 이 꽃의 냄새를 맡을 수 없을 수도 있고. 혹은 자네가 코가 없을 수도 있지. 한번 묻겠네. 자네는 코를 가지고 있는가?"

"……."

"코가 있나?"

피월려는 그 질문에 대답할 수 없었다. 대답뿐만 아니라 확인조차 하고 싶지 않았다.

단지 손을 들어 코를 만져보면 될 일이지만, 왠지 손을 들어 코를 만지면 아무것도 만져지지 않을 것 같은 이상한 두려움이 들었기 때문이다.

"후읍, 하아. 후읍, 하아."

피월려는 갑자기 코로 숨 쉬는 것을 멈추고 입으로 숨을 쉬기 시작했다. 그도 왜 그렇게 되는지 몰랐다. 그러나 아무리 생각해도 도저히 코로 숨을 쉬는 법을 기억해 낼 수 없었다. 머리가 완전히 백지가 된 것처럼 어떻게 해야 하는지 전혀 알 수 없었다.

청신악은 천천히 손을 들어 그의 콧등을 만졌다. 그러자 쭈글쭈글한 손길이 느껴졌고 노인 특유의 내음이 콧속을 찔렀다.

"걱정하지 말게. 자네는 코가 있네."

피월려는 떨리는 손을 들어 코를 만졌다. 매번 세수하면서 만졌던 그 익숙한 코다.

"하아……."

마치 간발의 차이로 살벌한 검기에서 벗어난 것과 같은 큰 안도감이 그의 마음에 스며들었다.

청신악이 말했다.

"자네는 코가 있음에도, 코가 없는 사람과 다름이 없었지. 그 이유는 바로 자네가 코가 있다는 사실을 믿지 못했기 때문이네. 코가 없다고 생각했으니, 코가 있어도 사용하지 못하는 것일세. 여기서는 그것이 곧 현상으로 변하지. 코가 없다고 생각하면 정말로 코가 사라지고, 눈이 없다고 생각하면 곧 눈이 사라지고… 그리고 이 세계가 현실이라 생각하지 않는다면?"

피월려는 멍한 표정으로 청신악의 말을 이었다.

"이 세계가 사라지겠지요. 그래서 아까 제가 무의 공간으로 빨려 들어간 것이군요. 이 세상이 거짓이라 생각했기 때문에……"

"크하하! 이해가 빠르군. 하긴 이 정도의 지혜가 없었다면 애초에 무혈지옥에서 빠져나오지도 못했을 테니."

"그렇다면 이 세상은 애초에 누구에 의해서 만들어진 겁니까? 누군가 이 세상이 존재한다고 생각하지 않는 이상, 이 세상은 존재할 수 없는 것이 아닙니까?"

"자각이 가능한 모든 생물일세."

"예?"

"인간을 포함해서 자각이 가능한 모든 생물과 그것들의 의지가 영향을 미치는 모든 것에서부터 이 세계는 만들어진 것이고, 이 세계의 환경이 조성된 것일세. 아까 본 그 관음은 왜 관음의 모습을 하고 있다고 생각하는가?"

관음은 불교와 관련된 것이다. 피월려는 간단하게 답을 유추할 수 있었다.

"설마 그것이 소림파의 의지입니까?"

"흠… 의지라는 표현은 좋지 않군. 그냥 소림파의 이면(裏面)이라 생각하면 되네. 그것은 어떤 한 사람의 발현(發現)이 아닌, 소림파라는 존재 자체가 발현된 것일세. 이 주변에서는 가장 강력한 영향력을 가진 무서운 놈이지. 중원에서 소림파라는 그 이름 자체가 가진 존재감을 생각해 보게. 그 존재감이 이 세계에서는 하나의 생물로 형상화한 것이지."

"어렵군요. 개개인의 정신뿐만 아니라 소림파라는 추상적인 개념조차 발현되다니."

"그러나 인간이 아닌 이상 저것은 환경일 뿐이네. 자네나 나처럼 주민이 아니지."

"그 차이점은 무엇입니까?"

"현실에 빗대어서 설명하자면… 뭐, 태양이나 달 혹은 강, 바다와 같은 것도 음양에 따라 힘이 있고 정신이 있고 의지가 있네. 그렇지 않은가? 그러나 그것들은 어떠한 법칙을 거스를 수는 없네. 그런 자유는 주어지지 않았지. 그러나 인간은 그것이 가능하네. 모든 것이 아래로 떨어져야 함에도 하늘 높이 건물을 짓고, 모든 것이 부서져야 함에도 잔과 그릇을 만들어 내고, 모든 것이 퍼져야 함에도 만기를 몸에 가두어 무공을 만들어냈지."

"……"

"그 관음은 절대로 소림파의 의지에서 벗어날 수 없네. 환경이기 때문에 갖는 한계지. 그러나 자네나 나는 어떤 의지로부터 파생된 것이 아니라 그 존재 자체이기 때문에 그것을 거스르는 것이 가능하네. 거스른다기보다 스스로 조정(調整)하는 것이지. 무슨 말인지 알겠나?"

"솔직히 어렵습니다만, 대강은 알아들었습니다."

"좋네. 그러면 다시 한번 이 꽃의 냄새를 맡아보겠는가?"

청신악은 아무렇지도 않게 꽃을 들이밀었다. 그러나 피월려는 그것을 초절정고수의 절묘한 초식이라도 되는 것처럼 흘겨보았다.

그는 침을 꿀꺽 삼키면서 긴장한 표정으로 고개를 끄덕였다.

청신악은 살포시 미소를 지었다.

"한 가지 실마리를 줄 테니 잘 듣게. 이 세상은 현실과 반대된다고 내가 말하지 않았던가? 현실에서는 모든 것이 퍼져 섞이려 하는 법칙이 있지만, 이곳에는 같은 것들끼리 모이는 법칙이 있네. 법칙이라기보다 습성이라고 해야 더 정확하지만은… 어찌 됐든 그러니 냄새가 나지 않는 것일세. 퍼지지 않고 모이니 냄새가 자네의 코로 도달할 수 없지. 하지만, 인간은 법칙을 바꿀 수 있네. 환경이 아니라 주민이 갖는 특권이 있지. 그것을 잘 활용하게."

피월려는 왠지 이 일이 엄청난 시간을 잡아먹을 것 같다는 예감이 들었다.

"얼마나 걸리겠습니까?"

"여기서 시간은 의미가 없네. 얼마나 걸리든, 자네가 그것에 성공하기까지 멈추지 않고 기다리리라고 내가 마음을 먹으면 그만일세."

"정 그러시다면, 알았습니다."

피월려는 한동안 그 꽃을 뚫어지게 바라보며 킁킁거렸다.

한 번이 열 번이 되고, 열 번이 백 번이 되고, 그것이 천 번이 되고, 억(億)이 되고 조(兆)가 되고 경(億)이 되고.

피월려는 말했다.

"금잠초(金簪草)군요."

"냄새가 나는가?"

"예."

"현실세계와는 비교도 할 수 없을 정도로 향기롭지 않은가?"

피월려는 자기도 모르게 웃음을 머금었다.

"그렇군요."

"하하하! 역시 그럴 줄 알았네."

청신악은 목을 젖히고 크게 웃으며 그 꽃을 옆으로 버렸다. 그리고 다시 흑로를 따라 걷기 시작했다.

버려진 꽃은 어느새 기묘한 모양새를 버리고 평범하기 짝이 없는 금잠초가 되어 있었다. 현실에서 언제나 보던 흔한 색과 모양이다.

"내가 금잠초라는 것을 알았기 때문에 겉모양이 바뀐 건가. 아니면, 원래 이 모양이었으나 내가 보지 못한 것인가. 아니, 애초에 그 둘의 경우는 차이가 없는 것인가……."

피월려는 그것을 주시하며 홀로 중얼거렸다. 그러다가 문득 청신악이 너무 멀리 떨어졌다고 생각하고는 급히 발걸음을 옮기기 시작했다.

이런 곳에서 홀로 뒤처진다면, 어떤 일을 당할지 알 수 없기 때문이다.

청지 위에 깔린 반듯한 흑로는 평소 피월려가 많이 걷던 흙길보다는 상대적으로 딱딱했다. 마치 궁전에 깔린 대리석과 같은 느낌이었다.

그 때문인지, 피월려가 검은 초가집에 도착했을 때에는 발과 다리가 슬슬 아파져 오기 시작했다.

"여기 와서 앉게."

청신악은 초가집 마루 부근에 걸터앉아 피월려를 불렀다. 그 초가집은 어느 부분도 차이가 없는 흑색으로 일관되어 있어, 오로지 형태로만 그 구조를 파악할 수 있었다. 따라서 피월려는 청신악이 앉은 곳이 마루라고 지레짐작할 수 있을 뿐, 확인할 수 없었다.

가까이 와서 자세히 보니, 마루에 나뭇결과 같은 무늬가 나 있었다.

색은 달라도 재질은 나무일 것으로 생각했던 피월려는 그곳에 앉고 보니 그 생각을 지워 버릴 수밖에 없었다. 그의 무게에도 형태에 전혀 변함이 없이 꼿꼿한 마루는 흑로와 같이 매우 딱딱했기 때문이다. 게다가 대리석에 앉은 것처럼 차가움까지 느껴졌다.

"별로 앉고 싶어지는 자리는 아니군요."

"그런가? 왜?"

"너무 딱딱하고 차갑습니다만?"

"그런가? 나한테는 편하기 그지없는데 말이지. 아무래도 내 구역이다 보니까, 이방인인 자네를 경계하는 것일 수도 있네."

피월려는 고개를 갸웃하며 물었다.

"전에 영역이라는 말을 하셨는데, 지금도 구역이라고 말씀하시는 것을 보면 이곳에는 주민마다 소유한 땅이 있는 것 같습니다. 맞습니까?"

"오, 예리하군! 그렇네."

"그럼 영역은 어떻게 생긴 겁니까?"

"내가 말했지 않는가? 자각할 수 있는 존재, 예를 들면 자네나 나처럼 인간인 경우에는 환경을 조정할 수 있네. 현실세계에도 사람이 사는 집과 사람이 살지 않는 집은 천지 차이지 않는가? 주인이 있는 집은 질서가 살아 숨 쉬지만, 주인이 없는 집은 아무렇게나 방치되어 있지. 환경은 소유되었다는 그 자체만으로도 엄청난 영향을 받는 것이야."

"흠… 잘 이해가 가지 않습니다만. 그 영향이라는 것이 어떤 영향을 말하는 겁니까?"

"법칙을 절대로 거스를 수 없는 환경이 주인의 권능에 힘입어 법칙을 거스를 수 있는 능력을 얻게 되는 것을 말하네."

"그렇다면 영역이라는 것은 곧 누군가에게 소유된 환경이라는 겁니까?"

"정확하네. 그리고 영역의 경계는 바로 소유된 환경과 소유되지 않는 환경의 경계라고 보면 되네. 자연의 법칙을 절대로 거스를 수 없는 곳과 주인의 능력을 통해서 조금이나마 자연의 법칙을 거스를 수 있게 된 곳이 바로 영역(領域)과 비영역(非領域)의 차이지."

"그러면 즉, 이 초가집은 어르신의 영역이군요. 그런데 이 초가집이 저를 경계한다는 것은 무슨 뜻입니까?"

"여기서는 그 영향이 매우 극대화되네. 사고(思考)가 실질적으로 나타나 버리니 말일세. 내가 자네에게 호의를 가지고 집으로 초대했기 때문에 자네는 이곳으로 올 수 있었지만, 그렇다고 내가 지금 막 처음 본 자네에게 완전히 마음을 연 것은 아니지. 마저 열지 못한 내 마음이 바로 이 초가집이 자네에게 주는 불편함으로 나타나는 것이겠지."

"그렇습니까? 뭐랄까… 굉장하군요. 매우 작은 것 하나하나가 모두 의미가 있다는 것 말입니다."

"맞네. 그래서 여기서는 현실에서 볼 수 없는 것 혹은 만질 수 없는 것을 보고 만질 수 있지. 예를 들면, 지금 자네가 나한테 품고 있는 깊은 의심 같은 것 말일세."

"……"

"현실세계에서는 표정이나 몸짓으로 숨길 수 있겠지만, 여기서는 불가능하지. 말씀하시게… 왜 그리 의심하는지."

피월려는 보랏빛 하늘을 올려다보며 한숨을 푹 내쉬었다.

그때, 괴기한 가면을 쓴 광대 한 명이 서쪽에서 튀어나와 동쪽으로 침을 딱 뱉고는 배꼽을 잡고 웃었다. 그러고는 피눈물을 흘리면서 북쪽으로 날아가 버렸다.

마음을 편하게 하고자 하늘을 보는 것은 여기서 전혀 효과가 없었다.

피월려가 물었다.

"제가 의심하고 있다는 사실을 어떻게 아셨습니까?"

청신악은 팔짱을 끼며 어깨를 들썩였다.

"하핫, 지금 나한테 자네 겉모습이 어떻게 보이는지 아나?"

"어떻게 보입니까?"

"일단 푸른 용 한 마리가 온몸을 칭칭 감아 머리 위에서 눈을 번뜩이고 있고, 새빨간 뜨거운 불 한 덩이가 가슴에서 피어오르고 있지. 심장 부근에는 백호도 있군. 오른손은 온통 검은색이고… 그뿐만이 아니라 꽤 많다네. 나조차도 놀랄 정도로 말이지."

"……"

"그런 건 다 제쳐놓고… 나를 의심하고 있다는 것을 확실히 알 수 있는 건, 내가 조금이라도 움직일 때마다 뚫어질 듯 나를 쳐다보는 그 푸른 용의 눈길에서 느낄 수 있었네. 마치 조금이라도 공격 의사를 품는다면 가차 없이 물어버리겠다는 맹수의 경계심이 담겨 있는 눈빛이지. 무슨 의심을 하는지 모르겠지만, 한번 말해보게. 우선 그걸 해결해야 이야기를 진행할 수 있을 것 같군."

피월려는 잠시 뜸을 들였으나, 곧 솔직하게 말했다. 서로의 이름을 아는 한, 거짓을 말하는 것 혹은 연기를 하는 것은 이곳에서 아무런 의미도 없다는 것을 충분히 깨달았기 때문이다.

"왜 이렇게 나에게 호의적인 겁니까?"

청신악은 입을 벌리며 소리 없이 탄성을 질렀다.

"오호라… 그것이었나?"

"처음 만난 순간부터, 저를 전혀 경계하지 않고 이 세상에 대해서 가르쳐 주는 식의 도움을 주셨습니다만, 그 이유를 모르겠습니다."

청신악은 고개를 끄덕였다.

"확실히, 내가 만약 자네의 입장이었다면 분명히 그리 느꼈을 것이네. 내가 무림에 있었던 시간은 매우 오래전이지만, 그때를 잊은 것은 아니지. 어린아이의 작은 손길조차도 의심하고 또 의심해야 하는 그 정겹고 그리운 세상을 말일세. 하하하……."

허무함이 느껴지는 쓴웃음에도 피월려는 냉정한 목소리로 대답했다.

"그렇다면 제가 왜 이렇게 경계하는지도 이해하시겠군요."

"그럼, 이해하지."

"이유를 말씀해 주십시오."

"물론이네. 그런데 그 전에, 자네의 시선에는 내가 어떻게 보이는지 알고 싶군. 알려줄 수 있나?"

이미 본심을 겉으로 드러낸 상태다. 피월려는 굳은 표정을 풀지 않고 대답했다.

"먼저 이유를 듣고 말씀드리도록 하겠습니다."

"원, 차갑기는."

"부탁합니다."

"알았네. 젊은이가 재촉하기는. 어디 보자, 뭐부터 설명해야 하나… 자네는 주관(主觀)과 객관(客觀)의 차이가 뭐라 생각하는가?"

"주관은 각 사람의 생각이고 객관은 제삼자의 생각이 아닙니까?"

"그럼 그 제삼자는 사람이 아닌가? 그 제삼자는 뭐라 생각하는가?"

"많은 사람의 공통적인 생각이겠지요."

"그렇다면 객관이란 수많은 주관의 공통적인 생각이라 말하는 것인가?"

"그렇습니다."

"하지만, 분명 앞서서 주관은 각 사람의 생각이라 하지 않았는가? 그런 논리를 따르면……."

피월려는 고개를 도리도리 돌리며 청신악의 말을 잘랐다.

"그만둡시다."

"응?"

"그만둡시다. 지금까지도 이미 충분히 머리가 아픕니다. 주관과 객관의 차이는 공자(孔子)가 와도 나눌 수 없을 겁니다. 말로 설명할 수 있는 것이 아니지요. 그러나 그 차이는 분명히 압니다."

청신악은 손을 비볐다.

"좋네. 그럼 일단 그 부분은 넘어가지. 만약 이 세상에 존재하는 사람이 단 한 명이라면 주관과 객관은 여전히 다른 것인가? 아니면 같아질 것인가."

피월려는 입술을 만지작거리며 고민하더니 답을 내놓았다.

"주관과 객관은 같은 것이 되리라 생각합니다."

"왜 그러한가?"

"이 세상에 단 한 명의 사람만이 산다면, 그 사람의 생각이 곧 모든 이의 생각이 될 것이고, 이는 주관이 곧 객관이 된다는 것 아니겠습니까?"

"맞네. 그보다 더 정확한 대답이 있을까 질문하게 될 정도로 좋은 답변이군."

"그것이 어르신께서 제게 호의를 베푼 것과 무슨 상관이 있습니까?"

"상관이 있다마다. 자네가 이 세상에 없던 시절에는 나는 내 구역에서 홀로 있었네. 그런데 자네가 이 세상에 오고 나서부터는 둘이 되었지. 방금 논한 것을 하나와 둘의 차이로 적용시켜 생각해 보게. 그러면 답이 나올 테니."

홀로 있는 세상.

그곳에는 객관과 주관이 하나가 된다.

무엇이 객관이고 주관인지 구분할 수 없다.

둘이 있는 세상.

그곳에서는 객관과 주관이 나뉜다.

무엇이 객관인지 주관인지 구분할 수 있다.

"어르신께서는 객관적인 시야를 가지고 싶으신 것이군요."

피월려의 깨달음에 청신악은 기쁜 듯 양손을 활짝 펼치며 손을 털듯 앞으로 뻗었다.

"그렇지! 자네가 여기 있음으로써, 나는 객관과 주관을 구분할 수 있게 되었네. 따라서 내 눈에 보이는 것이 내가 만들어낸 주관에서 비롯된 환상인지, 아니면 원래부터 존재했던 이 세계의 환경인지 구분할 수 있게 된 것이지. 이 세상에서는 전자나 후자나 모두 완벽하게 발현(發現)하기 때문에 이를 구분하지 못한다면 빠져나가는 것이 불가능하네."

피월려는 뜻밖의 말에 깜짝 놀랐다.

"빠져나간다… 여기서 말입니까?"

"당연하지! 자네는 여기서 나가는 것을 바라지 않는다는 것인가?"

"당연히 바랍니다만… 미처 그 부분에 대해서 생각하지 않았습니다."

"크하하하! 영리한 친구인 줄 알았더니 헛똑똑이였구먼! 으하하."

청신악은 하늘이 떠나갈 듯 광소했고, 피월려는 알 수 없는 민망함에 머리를 긁적였다.

"그래서 제게 호의적이셨군요. 또한, 열심히 가르치신 것이고요."

청신악은 갑자기 웃음을 뚝 그치더니, 피월려를 돌아보며 거만한 표정으로 말했다.

"내 이름은 즉추경마 청신악! 오랜 외로움에 정이 많아졌다고는 하나 엄연히 마인일세."

어련하시겠습니까?

피월려는 입술로 비집고 나오려는 비아냥을 가까스로 삼켰다.

청신악은 머리 뒤로 손을 받치면서 마루에 몸을 뉘었다. 그리고 다리를 꼬아 편한 자세를 취했다. 피월려는 그런 그의 모습을 보며 물었다.

"즉추경마라는 별호를 보니, 수공(手功)을 익히신 듯합니다."

"수공이 아니라 조공(爪功)이네."

"맨손이 아니라 무기를 사용하셨습니까?"

"내 흑십구(黑十鉤)가 보이지 않는가?"

"예?"

"이거 말일세."

청신악은 오른손과 왼손을 앞으로 펴 보이며 말했다. 울퉁불퉁하고 투박한 열 손가락 모두에는 작은 반지가 끼워져 있었고, 각각 가시와 같은 얇은 갈고리가 손가락을 따라 휘어져 있었다. 손가락 끝으로 튀어나온 정도는 1척도 되지 않는 작은 길이이지만, 그만큼 까다로운 암격을 날릴 수 있는 모양이었다.

피월려는 지금까지 청신악의 손에 달린 흑십구를 본 적이
없었다.

아니, 보았으나 지금까지 인지하지 못했다. 청신악의 입에서
그 이름이 흘러나와 귓가에 들리기 전까지, 청신악은 아무것
도 없는 맨손이었다.

"이제 보이는군요."

"그런가? 그렇다면 나와 흑십구는 아직 별개의 존재라는 뜻
이고, 또한 그 뜻은, 아직도 내가 흑십구와 하나가 되는 경지
에 이르지 못했다는 말이군."

피월려는 청신악의 작은 투정에 전에 그가 했던 말이 생각
이 났다.

"아… 그 때문이었습니까? 아까 전에 어르신의 겉모습이 저
에게 어떻게 보이는지 말해달라고 하신 저의가?"

"이것도 포함이지."

"포함이라 함은 다른 부분도 있습니까?"

"있네. 그러나 말해줄 수 없네. 자네도 알다시피 내가 말하
는 순간, 자네의 시야에 영향을 줘버리니 무용지물이 되겠지.
이젠 내 부탁을 들어줄 차례일세."

"알았습니다. 그런데 그냥 보이는 대로 설명하면 되는 겁니
까?"

"그렇네. 자세하게 부탁하지."

"일단 어르신의 피부는 완전한 백색이며 머리와 수염은 흑색입니다. 그리고 입고 있으신 옷은 무지개 빛깔이 연속적으로 변하고 있습니다."

"내 발은 어떠한가? 특별한 점이 있는가?"

청신악은 그의 발에서 피월려가 무언가 찾아내기를 바라는 듯 보였다.

옷이 무지개 빛깔인 것은 매우 흥미로운 사실임에도, 그는 그것에 전혀 신경을 쓰지 않는 눈치였다. 피월려는 눈길을 돌려 청신악의 발을 자세히 들여다보았다. 그러나 딱히 이상한 것을 찾을 수는 없었다.

"글쎄요. 별로 이상한 점은 없습니다."

"그런가?"

청신악은 뭔지 모르게 실망한 미소를 지었다. 피월려는 호기심이 돋아 물었다.

"발에 무엇이 있어야 합니까?"

"으응? 아, 아무것도 아니네."

"……"

"크흠. 그, 자네는 무슨 무공을 익혔는가?"

청신악은 뜬금없이 말을 돌렸다. 자기 자신에 대해서 별로 이야기하고 싶지 않은 듯했다.

피월려는 시선을 돌려 초가집 주변에 가득한 꽃밭에 시선을 두었다.

"검공입니다."

"검공? 검을 익혔다는 말인가?"

"예."

"혹, 검을 가지고 있지 않은가?"

"그렇습니다만?"

청신악은 눈을 끔뻑끔뻑하며 피월려의 오른손을 자세히 주시했다. 그러다가 곧 눈썹을 씽긋 올리며 표정을 풀었다.

"아. 그러고 보니 자네는 항상 오른손으로 뭔가 쥐는 시늉을 했었군. 이렇게나 존재감이 많이 드러났는데도 불구하고 아직도 그 형태가 보이지 않는다면 필히 이름이 부여되어 어느 정도 자립을 인정받은 물건이겠군, 그렇지 않나?"

"역화검이라 합니다."

청신악은 그 이름을 듣고서야 역화검의 완전한 형태를 눈으로 확인할 수 있었다.

그가 역화검에 미묘한 시선을 던지며 중얼거렸다.

"오른손이 온통 흑색이었던 의미가 바로 그 검 때문이었군. 어느 정도 한 몸이 되어 있으나, 아직 완벽하진 않은… 젊은 나이에 벌써 그 정도의 경지라니 대단하구면."

"과찬이십니다. 하지만, 저는 생검보다는 사검을 추구하는지라, 아마 한 몸이 될 일은 없을 것입니다."

청신악은 생소한 단어를 들었다는 듯이 미간을 좁혔다.

"사검? 생검? 그게 뭔가?"

"그, 그러니까…"

"응?"

"알지 못하십니까? 생검이나 사검의 개념을."

"금시초문일세."

"……"

피월려는 청신악이 얼마나 고수인지 짐작하기 어려웠다.

이 세상에서는 현실과는 다른 법칙이 적용되기 때문에, 현실에서 기류나 기세를 파악하는 방법으로 누군가를 가늠하는 것은 불가능하다. 그러나 소림파의 참회동에 들어왔다는 사실에서 유추하여 생각하면, 그가 적어도 전 중원에 그 이름이 널리 퍼졌을 만큼 유명했던 마인이라는 것은 알 수 있었다.

그런 인물이 사검과 생검에 대해서 무지하다는 것은 그의 실력이 부족하기 때문은 아닐 것이다.

좀 더 근본적인 이유다.

피월려는 스스로 생각해 놓고도 기가 막혔지만, 그래도 혹시나 하는 마음에 물었다.

"어르신께서는 언제 이곳에 오셨습니까?"

"응? 그건 갑자기 왜 묻는가?"

"이곳은 시간의 속도가 의미가 없는 세상이 아닙니까. 혹시나 생검과 사검의 개념이 중원에 퍼지기 전에 활동하신 분이 아닌가 해서 말입니다."

"글쎄… 일단 내가 들어왔을 때는, 소구가 용왕(龍王)의 칭호를 선사받은 지 2년이 흐른 뒤라네."

피월려는 소구라는 이름이나 용왕이라는 칭호를 들어본 일이 없었다. 그래서 그는 더 알 만한 것으로 다시 물었다.

"황실의 명명은 무엇이었습니까?"

"유(柳)."

"……"

"왜 그러시는가?"

"적어도 천 년… 아니, 그보다 더 오래됐을 수도 있겠군요."

"무엇이 말인가?"

"제가 살던 곳은 대운제국이 지배하는 중원입니다. 삼백 년 전에 환나라가 멸망하고 세워진 제국입니다만… 그 환나라는 천 년 성대를 이뤘다고 했습니다. 그런데 유나라는 그 환나라보다 더 오래된 국가이니… 어르신과 저와의 시간차는 최소한 천삼백 년이겠군요."

청신악은 입을 살짝 벌렸다. 그러고는 곧 입술을 깨물며 실소를 흘렸다.

"허허허. 천삼백 년이라… 꽤 오랜 세월이 흘렀구먼."

"……"

그 웃음소리에 담긴 허무감은 이루 말할 수 없었다. 인생 경험이 풍부한 피월려조차도 지금 이 상황에 무슨 말을 해야 할지 알 수 없었다.

얼마나 시간이 흘렀을까? 청신악이 혀를 탁 차면서 몸을 일 으켜 세웠다. 그러고는 꽃밭으로 걸어가 정체 모를 꽃 한 송 이를 꺾어 코에 가져갔다.

"그래서 생검과 사검은 무슨 차이가 있나? 후세대들의 무공 이 얼마나 발전했는지 내 듣고 싶구먼."

그의 목소리에는 아무런 감정도 담겨 있지 않았다. 허무감 도 회환도, 모두 씻은 듯 사라지고 없었다.

그 짧은 순간에 그것을 이겨내 버릴 만큼 정신력이 강한 것 인가, 아니면 이 세계는 시간적 문제를 해결할 방법조차 내포 하고 있는 것일까?

무엇이 됐든, 청신악은 별로 대수롭지 않게 생각하는 듯 했다.

피월려도 관심을 끄기로 하고 대답했다.

"생검은 신검합일을 추구하고 사검은 어검술을 추구합니다. 혹시 신검합일과 어검술이라는 단어는……"

청신악은 뭔가 불쾌한 듯 손을 탁 들며 피월려의 말을 막 았다.

"알고 있네. 그런데 그 둘 중 하나를 선택하여 추구한다는 것 자체가 조금 우스운 일이군. 어찌 그 둘 중 하나를 선택한다는 말이지?"

"선배님의 고견을 듣고 싶습니다."

"고견이라고 할 것도 없네. 나는 단지 그 둘을 추구한다고 생각하는 그 개념 자체가 이해가 되질 않는다는 거야. 어떤 초식은 어검술의 묘리가 들어가고 어떤 초식은 신검합일의 묘리가 들어가는 것이고, 어떤 초식은 둘 다 필요하지. 이 둘은 완전히 다른 개념에서 다뤄지는 별개의 것이지 하나를 추구하고 하나를 버리는 식의 생각을 할 수 없네."

"하지만, 어떻게 검객이 검과 하나가 되면서 동시에 그 검의 지배자가 될 수 있다는 말입니까?"

"왜 못 되는가? 내가 나의 주인이 되면 되지."

피월려는 순간 잘못 들었다고 생각했다.

"예?"

"내가 나의 주인이 되면 그 두 가지가 모두 성립이 되지 않나? 잘 들어보시게. 신검합일로 내가 검과 하나가 되네. 그런데 어검술로 내가 검을 완전히 지배한다면, 이는 곧 내가 나를 완전히 지배한다는 것과 진배없는 소리이네. 내가 곧 검이니 말일세. 그러니까 검과 내가 하나가 되고, 내가 나를 완전히 지배한다면 신검합일과 어검술이 동시에 가능하지 않나?"

피월려는 그 자리에 털썩 주저앉았다.

지금까지 살면서 감당할 수 없는 크기의 깨달음 때문에 다리가 풀릴 것 같았던 적이 여러 번 있었지만, 그래도 지금처럼 진짜 주저앉은 적은 없었다.

"자네 괜찮은가?"

"……."

"안 괜찮은가 보군?"

"……."

"혹시 무아지경에 이른 것인가?"

"……."

"하! 젊음이란!"

"……."

"좋은 성취를 바라네."

청신악은 다시 꽃밭으로 눈길을 돌렸다.

피월려는 완전히 눈이 풀린 상태로 그 자리에 미동조차 하지 않고 가만히 주저앉아 있었다.

제이십칠장(第二十七章)

아버지의 굵은 손가락은 언제 봐도 흉측했다. 지난여름 가뭄 때에 보았던 쩍쩍 갈라진 땅 위로 징그럽게 생긴 뱀이 기어 다닌 그 광경과 별반 다르지 않았다. 만지면 산에 흔히 있는 바위만큼 딱딱했고, 뜨거운 불에 데운 솥뚜껑만큼이나 뜨거웠다. 그뿐만 아니라 나무껍질을 비비는 것 같이 거칠기도 했다.

아버지가 일할 때면 그 손은 항상 무엇을 쥐고 있었다. 위험하니까 가까이 오지 말라던 아버지의 말보다 호기심을 해결하는 것이 더욱 중요했던 어린 시절, 구석에서 아버지가 일하는 것을 보다 들켜서 얼마나 혼쭐이 났는지 아직도 그때만 생각하면 종아리가 화끈거리는 것 같았다.

그러나 결국 또다시 아버지가 일하는 모습을 엿보곤 했다. 불과 철이 같이 춤을 추는 것 같은 그 양손을 보고 있노라면, 고막을 아프게 하는 깡깡거리는 소리도, 눈을 잘 뜰 수도 없었던 화끈한 공기도 모두 참을 수 있었다.

아름다웠고, 동경했다.

그런데 그 생각이 통째로 바뀌게 된 계기가 열다섯이 되는 해에 일어났다.

여느 때와 같이 물을 길어서 아버지에게 가져다주고 있었는데, 눈길만 마주쳐도 오금이 저릴 정도로 무서운 인상의 무림인이 아버지를 찾아온 것이다. 자기의 검이 잘못되었다면서 그 자리에서 아버지를 두들겨 팼다. 남들보다 배는 더 컸던 아버지의 두 손은 아무런 힘도 쓰지 못했고, 오로지 살려달라고 싹싹 빌고만 있었다.

그날 이후로 동경했던 아버지는 초라한 아버지가 되었다. 절대로 아버지와 같은 길을 걷고 싶지 않아졌다.

"떠나겠습니다."

아버지는 천둥소리를 듣는 것처럼 놀랐다.

"뭐라?"

"이 지긋지긋한 집에서 떠나겠단 말입니다."

"네, 네가 어, 어디로 간단 말이냐? 그리고 네가 가면 이곳은! 이곳은 어쩌고!"

"전 아버지의 일을 이어받을 생각이 없습니다."

"아이고, 녀석아! 독자인 네가 이 일을 이어받지 않는다면, 누가 일을 이어받는다는 말이냐!"

"저와는 이제 상관없는 일입니다."

"이 녀석아! 나는 네 아비다. 넌 내 아들이고. 그런데 상관이 없다니 이런 불효자식이 있나!"

철썩!

볼로 아버지의 손길을 느껴본 적은 단 한 번도 없었다.

이가 빠져 버릴 정도로 아팠다.

부들부들 떨리는 주먹을 꽉 쥐며 그 자리에서 벌떡 일어났다.

"안녕히 계십쇼."

"저, 정말로. 네, 네가!"

그 뒤 아버지를 본 건 십이 년이 지난 후였다. 중원을 돌면서 빌빌거리며 사는 동안 집에 절대로 돌아가지 않겠다는 그 결심은 점차 옅어졌고, 삶의 고통은 자존심까지도 모두 깨뜨렸다.

거지꼴이 다 돼서 나타난 불효자식을, 아버지는 신발도 신지 않고 뛰쳐나와 맞이했다.

아버지의 얼굴을 본 순간, 평생 쏟아야 할 눈물을 거기서 다 쏟은 듯했다.

느지막한 나이에 다시 일을 시작하기는 매우 어려웠다. 그러나 낭비한 젊은 시절을 생각하면 자다가도 벌떡 일어나 대장간으로 달려갔다.

아버지는 너무 무리하지 말라고 허허 웃으며 말했지만, 아버지의 상태가 그리 좋지 않다는 것을 알게 된 이상 어떻게든 이른 시일 내에 모든 기술을 전수받아야 이 가업을 이을 수 있다는 생각이 머릿속에서 떠나가질 않았다.

그만큼 열심히 했고, 병상에서 아버지의 혼이 떠나갈 때쯤에는 어엿한 대장장이가 되었다.

낙양이라는 대도시에서 가장 솜씨 좋기로 유명했으니 어엿한 정도가 아니라 뛰어난 대장장이라 해도 과언이 아니었을 것이다.

양지바른 곳에 고이 모신 아버지의 무덤 앞에서도 당당히 어깨를 펴고 웃을 수 있었으니, 그 실력을 굳이 말로 표현할 필요조차 없었다.

그렇게 안정적인 직업을 기반으로 재산이 많이 모이게 되자 여기저기서 혼사 문제를 거론하기 시작했다.

가업에 대해 혼신을 쏟느라 여자에 대해 신경 쓸 시간조차 없었기 때문에, 이미 서른여섯 번째 해를 홀로 바라보고 있었다.

어여쁘고 고운 아가씨들이 줄을 섰다.

낙양에서 제일 잘나가는 대장장이니 그의 아내만 된다면 신분은 낮다고 해도 귀부인처럼 사는 것도 꿈은 아니기 때문이다.

그러나 그의 마음은 얼음장처럼 차가웠다. 젊은 시절 못난 꼴을 하고 중원을 돌아다닐 때에, 마음을 뺏겼던 처자들에게 받은 상처가 마음속 깊은 곳에 남아 아직도 찌릿찌릿했다. 돈이 없다고, 실력이 없다고, 능력이 없다고 떠났던 그 야속한 여자들에게 느꼈던 배신감이 도저히 여자를 믿을 수 없게 만들었다.

그러나 결국 모두에게는 그에 걸맞은 인연이 있는 법이다. 아내는 겨우 17살밖에 되지 않은 풋풋한 여인이었으나, 지금까지 보았던 어떤 여인보다 현명하고 조숙했다. 나이는 그의 반도 되지 않았지만 지혜는 배를 훌쩍 넘는 것 같았다.

그녀는 세상일은 모두 잊은 채 철과 불만 바라보며 살아온 세월 동안 송송 구멍이 나버린 상식을 충분히 메워줄 수 있을 만한 여인이었다.

1년이 넘어가는 구애 끝에 혼례식을 올렸다.

2년 뒤 귀여운 여자아이를 잉태했고, 다시 4년 뒤 남자아이를 잉태했다. 그러나 새 생명을 세상에 내보내는 일이 어디 말처럼 쉬운 일인가?

그녀는 자기 아들의 얼굴을 확인조차 하지 못하고 세상을 떠났다.

사랑했기에 너무나도 슬펐다. 그러나 그 대신 두 아이가 남았다. 정성을 다해 키우리라 마음을 먹었다.

누구도 무시 못 하는 사람으로 꼭 만들고 말리라 다짐했다.

하지만, 그도 꿈이 되었다.

"안녕하신가?"

가도무의 첫인상은 평범했다.

그냥 몸이 좋은 남자라고 생각했지 무림인의 그 날카로운 기세조차 없었다. 그러나 대장장이로 인생을 살며 생긴 눈썰미는 그 남자의 마음속 깊은 곳에 자리 잡힌 뜨거운 살기를 엿볼 수 있었다.

"해가 저문 이 늦은 시각에 무슨 일로 온 것이오? 검을 사러 온 것이면 내일 찾아오시오. 낮에 말이오."

"하하하. 그건 불가능해. 본좌는 특이한 체질을 타고나서 해가 떠 있는 시간에는 활동하기가 참으로 어려워. 그러니 부득이 이런 야밤에 찾아온 것이 아닌가?"

"보아하니 무림인인 것 같은데, 강압적으로 나오셔도 소용없소. 이미 화로에 물을 부어 식힌 뒤니, 이 물기가 모두 마를 때까지는 다시 연소하는 것이 불가능하오. 그리고 해가 뜨기 전까지는 물기가 마르지 않을 것이오."

"아하하. 본좌는 단지 검의 제작을 의뢰하고 싶어서 찾아온 것일 뿐이야. 지금 당장 뭘 하라는 건 아니라는 것이지."

"의뢰? 검을 만들고 싶소?"

"만들고 싶지. 아주 만들고 싶어서 미쳐 버릴 지경이야. 그러나 본좌는 검 만드는 데 무지하니까 이렇게 낙양의 유명한 대장장이에게 부탁하려는 것이 아닌가?"

"……"

가도무의 눈동자에는 아주 잠깐이지만 혈광이 내비쳤다. 그는 품속에 손을 넣어 천으로 돌돌 말아놓은 어떤 것을 빼내었다.

그는 아기를 다루는 듯이 조심스럽게 천을 풀었고, 그 속에서는 생전 처음 보는 형태의 삼이 모습을 드러냈다.

마치 벌거벗은 여인의 모습인 듯했다.

"이것의 기운을 불어넣은 검이 필요해."

"그것이 무엇이오?"

"자세한 것은 나도 잘 알지 못하네. 나는 단지 이것이 가진 극음의 기운을 검에 담고자 하는 것뿐일세. 가능하겠는가?"

검 속에 어떤 기운을 불어넣는 것은 극도로 숙련된 대장장이가 아니면 할 수 없는 고난도의 기술이다. 그러나 몇 대인지

조차 알 수 없을 정도로 오래된 가문의 비법을 사용하면 충분히 그런 검을 만들 수 있었다.

문제는 과연 이 남자가 그런 검을 소유할 만한 자격이 있는가 가늠하는 것이다. 무공은 강한 힘을 소유하는 데 있어 그만한 고통과 노력이 필요하지만 강력한 검을 소유하는 건 그런 노력과 고통을 필요로 하지 않기 때문에 얼마든지 정신을 망칠 수 있다.

함부로 누구에게나 강력한 검을 만들어줄 수는 없는 노릇이다.

대장장이의 본능은 그것을 거부하라고 결론 내렸다.

"불가하오. 만들 수 없소."

가도무는 입술을 비틀었다.

"거짓말이군."

"무슨 말도 되지 않는 소리이오?"

"천살성이라고 아나?"

"천살성? 당연히 알고 있소만. 왜 갑자기… 호, 혹시?"

"그렇네. 내가 천살성이네."

"……"

"그리고 천살성은 필연적으로 타고난 거짓말쟁이지. 그러다 보니 다른 인간이 하는 거짓말도 파악하기 쉬워."

"나는 거짓을 말하지 않았소. 그 부탁은 들어줄 수 없소."

"흠……. 능력의 유무를 말하는 것으로 들리지는 않는데?"

"어, 어찌 됐든 불가한 것이오. 돌아가시오."

가도무는 돌아가지 않았다. 대신 쏜살같이 다가와 점혈법으로 그의 몸을 마비시키고 나서, 안쪽으로 들어가 어여쁜 소녀가 된 딸아이를 겁탈했다.

지옥에 있는 것과 같은 시간이 지나고, 머리끄덩이를 한 손에 붙잡힌 채로 눈앞에 던져진 딸아이는 환갑의 세월이 지난 것처럼 새하얀 머릿결과 쭈글쭈글하게 노화된 피부를 가지고 있었다.

퀭한 눈가에는 촉촉한 눈물 자국이 있었고, 온몸에는 피멍이 들어 있었다.

눈을 감아버리고 싶은 마음과 눈을 부릅뜨고 싶은 마음이 동시에 들었다.

"참고로 방에 있는 어린 아들은 이 일을 몰라. 그리고 내가 부탁한 검을 만들어준다면 아마 평생 모르겠지. 그렇지 않나? 혈은 곧 풀릴 거야."

가도무는 그 삼을 옆에 두고는 홀연히 사라졌다.

시야가 빨개진다.

피눈물을 흘린다는 말이 사실이었을 줄이야.

혈자리가 모두 풀리고 화로에 불을 지폈다. 점혈로 엉망이 된 몸뚱어리는 비명을 질렀지만 아랑곳하지 않았다.

피를 쏟고, 정을 쏟고, 혼을 쏟았다.

모든 것을 쏟았다.

그렇게 비어버린 육신은 모두 술로 채웠다.

정확히 열두 시진이 지나고 탄생한 것은 마검이었다.

광기는 상상을 초월하는 짧은 시간 동안 지고한 것을 이룩했다.

대장장이는 그것을 집었고, 낙양흑검이 되었다.

낙양흑검은 피월려 앞에 섰다.

피월려는 낙양흑검 앞에 섰다.

아무것도 없는 검은 공간에 그 둘은 서로 마주 보았다.

낙양흑검이 말했다.

"나를 지배한다고? 나와 하나가 된다고!"

"……."

피월려는 침묵을 지켰다.

낙양흑검은 계속해서 소리쳤다.

"내 딸이! 내 딸이! 부르짖는 이 소리가 들리지 않는가! 아아, 한(恨)스럽도다! 한스럽도다!"

낙양흑검은 점차 피월려에게 다가왔다. 느리지만 확실하게 거리를 좁히고 있었다.

그러나 피월려는 그물에 걸린 것처럼 아무런 행동도 할 수 없었다. 그저 괴기스러운 몰골로 다가오는 낙양흑검의 모습을 지켜볼 뿐이었다.

입을 벌려 말을 하려 아무리 용을 써봐도, 마치 물속에 있는 것처럼 소리가 흡수되었다. 숨을 들이켜고 내쉬는 것은 문제가 없었지만, 성대를 움직이려고만 하면 이상하게 목이 턱턱 막혀왔다.

"어… 읍으으……."

낙양흑검은 악마 같은 미소를 얼굴에 띠웠다.

"뭐라고? 크흐흐! 뭐라는 거냐!"

"으읍. 으윽."

"킥킥킥! 네놈 따위가 뭐라고 지껄이는 거야?"

그는 빈정거리는 어투로 피월려를 조롱하며 망나니처럼 덩실거리며 걸어왔다. 마치 고양이가 쥐를 가지고 장난치는 꼴이었다.

피월려는 지금 이 상황이 어떻게 된 것인지 도저히 이해할 수 없었다.

깨달음을 얻었다고 생각하는 순간, 갑자기 환생을 하듯 낙양에서 새롭게 태어났다. 그리고 오랜 시간 동안 한 사람의 인생을 살며 보냈고, 죽음까지도 같이 맛보았다. 그리고 죽고 난 뒤 이 검은 세상에 도착하고서야, 자기가 피월려인 것을, 그리고 방금 산 인생이 낙양흑검의 인생인 것을 깨달을 수 있었다.

마치 길고 긴 악몽을 꾸는 기분이었고, 그 악몽은 지금도 계속되고 있는 듯했다.

하지만, 눈으로 보이는 낙양흑검의 선명한 얼굴이나 그 몸에서 일렁이는 마기는 도저히 현실이 아니라고 생각할 수 없었다.

낙양흑검의 인생을 살며 느꼈던 그런 뿌연 연기 같은 느낌이 아니라 살아 움직이는 생생한 느낌이다.

여기가 바로 지옥인가? 아니면 또 다른 꿈속인가?

하지만 피월려는 깊이 고민할 만한 시간을 갖지 못했다.

낙양흑검은 그 정도로 자비로운 마인이 아니었기 때문이다.

그는 어느새 손을 뻗으면 피월려의 심장을 꿰뚫고도 남을 만큼이나 가까운 거리에 다가와 있었다.

그의 손에 역화검이 쥐어졌다.

"크흐흐! 네놈 따위가… 감히… 나를 죽여! 이젠 내 차례야!"

낙양흑검은 침을 질질 흘리면서 양손으로 검을 추켜세우고 피월려의 심장을 정확하게 겨누었다.

조소를 머금은 그의 얼굴은 쾌락에 젖은 살인마의 것과 다른 것이 없었다.

그렇게 피월려의 심장에 낙양흑검의 역화검이 닿았고, 점차 파고들기 시작했다.

푸슛! 푸슈슛!

"으흐, 으흐흐흐 으흐흐!"

낙양흑검은 희번덕거리는 눈으로 꿰뚫리는 심장과 피월려의 표정을 번갈아 보며 미친 듯 웃어댔다.

그러나 그의 웃음은 마치 바람에 흩날리는 먼지처럼 시간이 지날수록 점차 사라졌다. 웃음소리도 점차 희미해져만 갔다.

얼굴이 완전한 무표정이 되고, 그의 웃음소리가 완전한 무음이 되었을 때, 낙양흑검은 분노가 담긴 목소리로 으르렁거렸다.

"뭐냐! 왜! 왜! 멀쩡한 것이지!"

고통으로 잔뜩 일그러진 피월려의 표정을 보고 싶었던 낙양흑검은, 피월려의 얼굴에 조금도 변화가 없자 분노가 치솟아 오른 것이다.

실제로, 피월려는 느린 속도로 가슴이 뚫리면서도 아무런 표정의 변화도 없었다.

낙양흑검은 얼굴을 잔뜩 일그러뜨리며 피월려의 심장 부근을 자세히 들여다보았다.

"이, 이것이 뭐, 뭐냐!"

역화검이 파고든 피월려의 가슴 부근에는 붉은색의 원반으로 된 어떤 것이 둘러싸고 있었는데, 마치 붉은 늪에 역화검이 풍덩 빠진 모양새였다.

역화검은 피월려의 가슴을 뚫은 것이 아니라 그 원반을 통해서 잠시 다른 곳으로 이동한 것이다.

그리고 그 구멍은 소용돌이를 일으키며 점차 그 크기를 키워나가고 있었다.

처음 보는 이상한 것에, 당황한 기색이 역력해진 낙양흑검은 역화검을 양손으로 잡고 뽑아내려고 했다. 하지만, 역화검은 그 속에 박힌 채 꿈쩍도 하지 않았다.

그 소용돌이는 점차 커져서 피월려와 낙양흑검의 몸집만큼이나 커졌다. 두려움을 느낀 낙양흑검은 역화검을 놓고 뒤로 물러났다.

"뭐냐! 누, 누구냐!"

그의 물음에 대답이라도 하듯, 어떤 검은 그림자가 그 소용돌이에서 튀어나왔다.

워낙 재빠른 속도라 그런지 그 모습을 눈에 담기조차 어려웠다.

그 그림자는 피월려의 뒤로 돌아가 그의 옷깃을 잡아당겼다.

그러자 피월려는 자기를 구속하고 있던 힘에서부터 해방되어 자유롭게 몸을 움직일 수 있었다.

"어엇!"

피월려는 자세를 잡으며 헛소리를 내었다. 그러나 그 검은 그림자는 아랑곳하지 않고 그의 옷깃을 몇 번이고 잡아당기면서 다급하게 말했다.

"얼른 가요! 잠깐밖에 시간을 벌 수 없을 거예요."

어디선가 들었던 목소리였다. 그러나 피월려는 누구인지 생각할 겨를도 없이, 서둘러 걸음을 옮겼다.

본능적으로 여기서 빨리 벗어나지 않으면 위험하다는 것을 느꼈기 때문이다.

"이쪽이요. 일로, 어서!"

"으, 응!"

피월려는 그 목소리를 따라 걸음을 바삐 움직이는 와중에 낙양흑검이 있는 곳을 한번 돌아보았다.

낙양흑검은 그 붉은 소용돌이에 시선을 완전히 빼앗긴 채, 소리를 지르고 얼굴을 일그러뜨리는 등, 혼자 분노를 토해내고 있었다.

"아이참! 서두르라니까요."

피월려는 목소리를 따라 고개를 돌렸고, 그곳에는 또 다른 붉은 소용돌이가 일어나고 있었다. 그 속은 이곳과는 완전히 반대되는 백색의 세상이었다.

그 검은 그림자는 이미 소용돌이를 통해 백색의 세상으로 넘어간 뒤였다.

솔직히 꺼림칙했지만, 그에게는 선택권이 없었다. 피월려는 속는 셈치고 그 소용돌이 속으로 들어갔다. 그러자 시야가 확 트이며 모든 세상이 흰색으로 도배되었다.

"날 속였구나!"

붉은색의 소용돌이 속 검은 세상 너머에 이를 갈며 달려오는 낙양흑검이 보였다.

그러나 소용돌이는 빠른 속도로 작아지고 있었고, 낙양흑검이 다다르기도 전에 그의 모습을 삼키며 작은 구슬 같은 것으로 변했다.

검은 그림자는 공중에 떠 있는 그 구슬을 과자라도 집듯 잡아 품에 넣었다.

그 와중에, 그 검은 그림자의 모습이 백색 세상의 빛에 의해서 서서히 드러나기 시작했다.

검은 그림자는 아홉 개의 사람만 한 은색 꼬리를 가진 작은 아이였다. 그 아이는 소년인지 소녀인지 분간하기 어려운 작고 귀여운 얼굴이었고, 입고 있는 옷 또한 소녀와 소년 둘 다 입을 만한 평복이었기에 성별을 파악하는 것은 매우 힘들었다.

피월려는 자기도 모르게 그 얼굴을 빤히 쳐다보았다.

분명히 처음 보는 얼굴이지만, 이상하게 낯이 익었기 때문이다.

"안녕하세요. 놀랐죠? 전 아루타예요!"

나이가 어린 앳된 목소리였다.

"아루타? 아루타… 아루타… 아루타!"

피월려는 기억의 저편에서 그 이름을 떠올릴 수 있었다. 아루타는 음기가 가득한 동굴에서 보았던 여우였고, 흑설이 장난감처럼 가지고 놀던 그 여우였으며, 또한 진법에서 그를 벗어나게 해준 그 여우였다.

절대 사람은 아니었다.

"너, 어떻게 사람의 모습을 하고 있는 거지?"

"헤헤. 완전히는 아니죠."

아루타는 수줍다는 듯이 몸을 배배 꼬았다. 그 행동에 맞춰 아루타의 꼬리들도 빙그르르 꼬이면서 중앙으로 모여 하나의 거대한 꼬리를 만들었다.

피월려는 혼란 속에 눈을 딱 감으며 중얼거렸다.

"뭐가 어떻게 돌아가는 건지 모르겠어. 너는 왜 사람 모습을 하고 있는 것이고, 왜 나하고 여기 있는 것이고, 조금 전 검은 세상은 뭐고, 낙양흑검은… 나… 난 그자의 인생을 살았어. 인생을 보냈지… 그 슬픔과 광기를… 하아… 하아… 아악! 흐… 흐흑."

피월려는 그 자리 풀썩 주저앉았다. 그리고 양손으로 이마를 받치면서 몸을 부르르 떨었다.

아루타는 그에게 다가와 아홉 꼬리로 그의 온몸을 감싸 안았다.

포근한 은색 꼬리 안에서, 피월려는 손가락 사이로 흘러내리는 눈물을 주체할 수 없었다.

"흐윽. 흐으윽! 헉… 내, 내 딸. 내 딸."

아루타는 양손으로 그의 얼굴을 잡아 억지로 들어 올렸다. 그리고 숨결이 느껴질 정도로 가까이 다가와 피월려의 눈에 눈을 마주쳤다.

"정신 차려요! 피월려! 그건 피월려가 아니에요!"

"흐, 흐흑"

"피월려!"

"……."

"날 봐요. 날!"

"……."

"당신은 그 사람이 아니에요."

"……."

"당신은 피월려! 정신 차려요!"

"……."

"피월려예요! 당신은 피월려!"

"……."

피월려가 자신을 찾은 것은 그로부터 오랜 시간이 흐른 후였다.

그러나 정체성이 흔들리는 피월려에게나, 이미 오랜 세월을 살아온 아루타에게나, 그 긴 시간은 별로 의미가 없었다.

피월려는 하염없이 흘러내리는 눈물을 닦아냈다. 그가 흘린 눈물이 고이고 고여서 그 하얀 세상의 바닥에 물이 차올라 피월려의 발이 잠길 정도의 높이가 되었을 때, 그는 울음을 멈출 수 있었다.

눈물이 더는 나오지 않는 것을 보고, 아루타는 피월려가 완전히 정체성을 회복했다는 것을 느꼈다.

아루타가 말했다.

"괜찮아요?"

"……."

"피월려?"

"잠깐만, 생각 좀 하고."

"……."

피월려는 두 발을 움직이며 첨벙거렸다. 생각을 정리하고서 아루타를 보는 그의 눈빛이 날카롭게 빛났다. 아루타는 그 눈빛에서 피월려가 온전히 정신을 되찾았다는 것을 다시 한 번 확신할 수 있었다.

피월려가 질문했다.

"일단, 여긴 어디야?"

"제 영역이에요."

"그럼 그 검은 공간은 낙양흑검의 영역이고?"

"낙양흑검이 그자의 이름인가요?"

"응."

"그렇다면, 맞아요. 그 세상은 낙양흑검의 영역이었죠."

"그럼, 내가 어쩌다가 그곳에 떨어지게 된 거야?"

"그건 저도 몰라요. 오히려 제가 묻고 싶은 건데요. 어쩌다가 여기까지 내려오셨죠? 온전한 인간의 모습으로 이곳에 도착한 사람은 모든 차원을 뒤져도 손으로 꼽아야 할걸요?"

"이곳? 이곳이 어딘데? 네 영역이라 했잖아?"

"영역이 아니라 층을 이야기한 거예요."

"층? 층이라니?"

"여긴… 흠, 인간의 언어로는 마땅한 단어가 없네요. 그냥 편의상 이 층이라 부르죠."

"이 층?"

"네. 이 층이요."

"이 층이라는 건 일 층도 있겠네?"

"있죠. 당연히. 아마 피월려도 일 층에서 온 것일 텐데요? 층을 거스르고 오는 건 불가능하니까요."

"아! 일 층… 그래, 그곳도 비현실적이기는 했지만, 여기보다는 아니었지. 여기는… 꿈속의 꿈같은 곳이군."

아루타는 박수를 짝하고 쳤다.

"맞아요! 맞아! 그렇게 표현하면 되겠네요! 일 층은 꿈속의 세상! 이 층은 꿈속에서 또다시 잠을 자 생긴 두 번째 꿈속의 세상! 이렇게 설명하니 쉽네요! 역시 피월려는 똑똑해요."

두 손을 모으고 까르륵대는 아루타는 아홉 꼬리만 없다면 영락없는 꼬마 아이였다. 그러나 피월려는 경계를 늦추지 않으며 말했다.

"내가 똑똑하고 말고를 떠나서, 꿈속의 꿈이라니… 자각몽이라도 꾸는 것 같은데."

"느낌은 몽계와 비슷할지 몰라도, 여긴 엄연히 실존하는 곳이에요."

피월려는 과연 아루타가 실존이라는 단어의 의미를 제대로 알고 있는지부터 의문이 들었다. 그는 콧방귀를 뀌며 물었다.

"흥. 그걸 어떻게 확신할 수 있는데? 무엇이 실존하는지 어떻게 확인을 한다는 거야?"

"그거야 간단하죠. 몽계에서는 죽어도 현실에서 죽지 않지만, 여기서 죽으면 현실에서도 죽어요."

"……."

"간단하죠?"

간단하다 못해 명확했다. 피월려는 딱히 좋은 반론이 없어 투정하듯 중얼거렸다.

"그래도 여긴 너무 비현실적이야……."

그러고 보면, 이 아루타라는 존재를 만날 때마다 항상 꿈을 꾸는 것 같은 기분이 들었었다. 본래 세상에 속해 있지 않는 이질적인 것과 마주하니, 현실감이 떨어지는 것은 어쩌면 당연했다.

전과 지금이 한 가지 다른 것은, 전에는 현실 속에 아루타라는 이질적인 것이 있었다면, 지금은 가상 속에 피월려라는 이질적인 것이 있다는 것이다. 지금 상황에서 이방인은 아루타가 아니라 피월려다.

즉, 아루타가 다른 곳으로 가는 것이 아니라, 피월려가 이 세상에서 떠나야 한다.

피월려는 물었다.

"네가 전에 요괴(妖怪)라고 했지?"

"요괴 아니에요! 요선(妖仙)이에요!"

아루타가 신경질적으로 소리를 내치며 아홉 꼬리를 발끈하듯 쭈뼛 세웠다. 피월려는 두 손으로 진정하라는 손짓을 하며 타일렀다.

"아 그래, 요선. 하여간 그러니……."

아루타는 다시 피월려의 말을 자르며 빽 소리를 질렀다.

"하여간이 아니에요! 요괴와 요선은 천지 차이란 말이에요.
내가 얼마나 오랜 세월 동안……."

"아, 그래. 미안해. 응? 진정해. 내가 인간이니 잘 모를 수도
있는 거잖아?"

"흥!"

"자자, 화내지 말고."

피월려가 억지웃음을 짓고 애걸하자, 아루타는 사납게 올
라갔던 눈썹과 꼬리를 살포시 내렸다. 그러나 허리에 올린 손
과 반쯤 등 돌린 자세는 유지하면서 새침한 목소리로 툭하니
내뱉듯 물었다.

"피… 알았어요. 그런데 갑자기 그건 왜요?"

"아니 그냥, 여기가 혹시 요선이 사는 곳인가 해서."

"여긴 제 영역이라니까요?"

"아니, 이 층 말이야."

"아하, 이 층이요? 아니요. 우린 여기서 살지 않아요. 인간계
를 제외하고 육도(六道)는 모두 일 층에 있어요. 요괴와 요선
이 사는 축생계(畜生界)도 일 층에 있죠."

"그럼 여기 이 층에는 누가 사는데?"

"여기선 아무도 못 산다고 들었어요."

"못 살아? 왜?"

"현실과의 거리가 너무 멀어서 육신이 따라오지 못한대요. 잠시 잠깐은 상관없지만, 너무 오래 있으면 필사(必死)한다고 그러던 걸요?"

"그럼, 우리도 위험하다는 뜻 아니야?"

아루타는 방긋 웃으며 손을 도리도리 흔들었다.

"걱정하지 마세요! 예로부터 우리 여우들은 공간이동술(空間移動術)이 타고났죠! 구미호는 주작님으로 인해 불을 마음껏 사용하지만 사실 선천적으로 타고나는 건 공간이동술이거든요. 우리는 충계를 마음대로 넘나들 수 있어요."

"그래? 그러면 날 현실세계까지 데리고 갈 수 있겠네?"

"그건 아마 불가능할 거예요. 제가 할 수 있는 건 일 층까지예요."

"왜?"

"제가 데려온 것이 아니니까요."

"그게 무슨 상관이야?"

"인간에겐 상관있어요. 인간은 이곳에 들어올 때는 항상 무언가로부터 도움을 얻어야만 가능해요. 그래서 존재 자체에 그 무언가의 영향이 묻어버려서 다른 방법으로는 나가는 것이 불가능하죠."

"어렵군. 쉽게 말해봐."

"그러니까 들어온 구멍으로만 나갈 수 있다는 뜻이에요. 처음 피월려가 여기에 오게 된 구멍으로 말이죠."

"그러면 일 층까지 가능한 이유는 뭐야? 이 층에서 일 층으로 데리고 갈 수 있으면 일 층에서도 현실로 데리고 갈 수 있어야 하잖아?"

"인간에게 일 층보다 더 아래층에는 그런 제약이 중첩돼서 적용되지 않아요. 왜냐면 피월려는 현실의 주민이니까요. 현실에서 일 층으로 내려올 때만 그 제약이 성립하는 거예요. 저의 경우에는 일 층의 주민이므로, 여기 이 층부터 그 제약이 적용돼요. 저도 여기서는 들어온 구멍으로밖에 나갈 수 없어요. 하지만, 공간이동술을 통해서 제 영역인 이 백색의 공간을 구현함으로 그 제약을 피해갈 수 있죠."

피월려는 아루타가 하는 말을 전부 이해할 수는 없었다. 그러나 한 가지 분명한 사실은 지금 당장 현실로 돌아갈 수는 없다는 것이다.

"복잡하면서도 신기한데. 그러면 우선 서둘러 일 층으로 가자. 거기서 길을 찾아봐야지."

분명히 청신악은 입구에 대해 아는 것이 있을 것이다. 그가 스스로 나가는 것에 대해 언급한 적이 있었고, 그것 때문에 객관적인 시점이 필요하다고 말했기 때문이다.

피월려는 얼른 현실로 돌아가고 싶은 마음에 그렇게 말했지만, 아루타는 어딘가 마음에 들지 않는 듯 보였다.

"너무하네요. 고맙다는 말 한마디도 없이… 피월려가 그리 속물인지는 조금도 생각지 못했어요. 피월려가 위험하다는 소리를 듣고 제가 얼마나 서둘러 왔는지 짐작도 못하시죠? 현실세계로 말하면 정말 발에 불이 나도록 달려온 거라고요."

"아, 아하하하……."

피월려는 어색한 미소를 지으며 머리를 긁적였다. 아루타는 팔짱을 끼고 볼을 부풀렸는데, 꼬리만큼은 제자리를 고수했다.

피월려는 그것을 보고 아루타가 억지로 삐친 표정을 연기하는 것임을 알 수 있었다.

속으로 피월려가 피식 웃는 사이, 아루타가 퉁명스럽게 말했다.

"정말이지… 어떻게 거길 들어갔대? 거긴 기를 쓰고 들어가려 해도 들어가기 어려운 심해 중의 심해와 같은 곳이에요. 어둠의 속성을 가진 것들이 한곳에 모여 만들어진 세상이니 말 다했죠."

"그렇게 위험한 곳이야?"

"그럼요! 거기는 차라리 죽는 것이 좋다고 느낄 만한 요소가 집약되어 있죠. 아까 보니, 그 망령 같은 것이 피월려를 홀린 것 같은데, 그 망령은 뭐예요? 낙양흑검? 특이한 이름이네요."

피월려는 어깨를 한 번 들썩이며 말했다.

"아, 그거? 내가 마검 하나를 주웠거든. 그런데 거기에 붙은 사념 같은 것이겠지. 내가 검과 하나가 되는 깨달음을 얻은… 아!"

갑자기 탄성을 지른 피월려를 보며, 아루타가 궁금증이 가득한 표정으로 물었다.

"응? 왜요?"

"……"

피월려는 말이 없었다. 초점이 살짝 풀린 상태로 정면을 응시하고 있었는데, 아주 깊은 생각에 빠진 듯했다.

아루타는 그의 얼굴을 살피면서 혹시나 더 깊은 곳으로 빠지지 않을까 걱정했지만, 다행히 피월려는 금세 정신을 되찾았다.

그가 입을 살며시 열어 나지막하게 말했다.

"그래서 떨어진 것이군."

"네?"

"내가 일 층에서 어검술과 신검합일에 대해 깨달음을 얻었거든. 그런데 내가 가진 역화검은 마검, 사념이 가득한 것이지. 따라서 다른 보통 검과는 다르게, 그 사념까지도 받아들이지 않는다면 결코 역화검과 한 몸이 될 수 없는 것이야. 그래서 불려간 거야, 그 사념한테. 내가 억지로 하나가 되려 하니……."

"으응? 무슨 말이에요? 너무 어려워요."

"그런 강한 기운의 마검을 얻었으니, 그만큼 잃는 것도 있겠지. 단순한 깨달음으로 어검술이나 신검합일을 이룩할 수는 없다는 것인가. 그 사념을 만족시키지 못한다면, 절대로 어검술을 이룩하는 것은 불가능할 테고, 그러면 검공의 도움을 받지 못하는 이상, 검기를 사용하는 것도 영영 불가능한데… 골치 아프군."

"피이… 피월려! 혼잣말 좀 그만해요."

"혼잣말이라니? 너한테 말하고 있잖아?"

"전혀요."

"그, 그래?"

"전혀 못 알아듣겠거든요?"

"……."

"검술이고 나발이고. 이젠 가야 해요. 너무 오래 있었어요."

"오래라니? 이제 막 일각이 지난 것 같은데."

아루타는 눈을 감으며 고개를 도리도리 돌렸다.

"피월려는 절대 모를 거예요. 얼마나 오랜 시간 동안 여기 있었는지."

"어, 얼마나 오래?"

"말로 표현할 수 없을 만큼 오래 있었어요. 여기 고인 이 물이 뭔 줄 알아요?"

"글쎄?"

"피월려가 흘린 눈물이에요."

"뭐?"

피월려는 입을 딱 벌리고 경악했지만 아루타는 아랑곳하지 않고 손가락으로 물을 찍어 피월려에게 내밀었다.

"먹어봐요. 되게 짜요."

"……."

"먹어봐요."

"사양할게."

"뭐. 그러시든가요."

아루타는 자기 손가락을 입으로 가져가 쪽 빨았다. 그러고는 혀를 내두르며 얼굴을 찡그렸다.

짜긴 정말 짠 듯 보였다.

그런데 피월려는 문득 드는 생각에 질문하지 않을 수 없었다.

"그런데 정말로 말로 표현할 수 없을 만큼 오래 있었다면, 이미 나는 현실에서 죽어버린 것 아닌가? 일 층에서도 그런 생각이 들었지만, 뭐랄까. 여긴 시간 감각이 너무 이상해서 이런 질문조차 무의미한 것 같아."

아루타는 방긋 웃으며 대답했다.

"정확하게 아시네요. 맞아요. 무의미한 질문이에요."

"역시 괜한 걱정인가?"

"네."

"하아, 알았어. 말이 길었네. 가자."

"네!"

아루타는 품속에서 또다시 작은 구슬을 꺼냈다. 이번에는 영롱한 푸른빛이 나는 구슬이었다. 아루타가 양손으로 그 구슬을 받치고 뭐라고 읊자, 그 중심에서 소용돌이가 생기더니 점차 그 나선이 넓어져, 사람이 들어가고 나갈 정도의 크기가 되었다.

"들어가요."

아루타는 피월려에게 손짓하며 말했다.

"넌?"

"전 제가 알아서 잘 갈 거예요. 피월려가 있는 곳과는 좀 거리가 먼 곳이라 다른 구슬을 이용해야 하거든요."

"그래?"

"네!"

피월려는 고개를 한 번 크게 끄덕이고는 그 소용돌이 안으로 한 발을 내디뎠다.

그리고 안으로 완전히 들어가기 전에 다시 고개를 살짝 내밀고 물었다.

"하나만 물어볼게. 너를 보낸 자가 누구지?"

갑작스러운 질문이었지만, 아루타는 전혀 당황한 기색이 없이 꼬리를 흔들거렸다.

"주작님이요. 아까도 말했잖아요."

"역시, 너무 쉽게 대답하는 걸 보니……."

피월려가 말을 끝내기 전에, 아루타가 먼저 혀를 빼꼼히 내밀면서 말을 가로챘다.

"맞아요. 기억을 잃어버리실 거예요."

"그래. 그러겠지. 그럼 다음에 볼 때까지 잘 지내. 여우 상태로 또 보겠지만."

"네! 피월려도 잘 가요!"

아루타는 한 손을 마구 흔들며 방긋 웃었지만, 피월려는 씁쓸한 미소를 지었다.

그렇게 소용돌이가 닫히자 피월려는 자기를 빤히 쳐다보는 청신악을 볼 수 있었다.

*　　　　*　　　　*

"눈동자를 보니 정신이 돌아온 것이군, 그렇지 않나?"

피월려는 청신악의 질문에 아무런 대답을 할 수 없었다. 마치 좋은 꿈을 꾸고 그 꿈을 잊어버린 것처럼 머릿속이 뿌예졌기 때문이다.

청신악은 몸을 돌려 다시 꽃밭으로 걸음을 옮겼다.

"아직이군. 흠……"

피월려는 눈을 끔뻑하며 두어 번 깜박이고 초점을 청신악의 뒷모습으로 맞췄다.

손을 들어 머리를 짚은 그는 관자놀이를 쓰다듬으며 말했다.

"아닙니다. 깨어났습니다."

청신악은 반가운 표정을 지으며 고개를 돌렸다.

"오? 정말인가?"

"예."

"좋은 깨달음을 얻었는가? 내가 볼 땐… 흠, 놓친 것 같은데."

피월려는 청신악의 말에 기억을 되살려 봐도 도저히 떠오르지 않자 포기하는 심정으로 말했다.

"네, 아마도… 머릿속이 하얀 것이 아무것도 기억나지 않는군요. 운 좋게 무아지경에 빠졌지만, 얻는 것 없이 돌아왔나 봅니다. 그런데 어르신은 그걸 어떻게 바로 아셨습니까?"

"자네 손을 보고 알았지."

"예?"

피월려는 되물으며, 오른손을 내려다보았다. 거기에는 그의 손에 한 몸처럼 붙어 있어야 할 역화검이 흔적도 없이 사라진 채, 새하얀 손만이 그를 반기고 있었다.

"손이 원래 피부색을 띠는 것을 보면 그 검의 존재 자체가 여기서 사라진 것이지. 만약 하나가 되었다면, 손 자체가 검으로 변했을 것이니."

"그럼 역화검은 어디에 있는 것입니까?"

"글쎄, 이곳에서 의지가 없는 것은 홀로 존재할 수 없는데 말이지. 그 역화검이 자기를 인지해 줄 수 있는 자네의 의지를 벗어나 홀로 행동한 것을 보면, 그 검에 혹시 다른 의지가 숨겨져 있나? 애초에 이름이 마검인 것도 그런 의미이고?"

피월려는 그 이야기를 하는 것이 썩 내키지 않았다. 그 마검의 비밀을 말하는 것은 왠지 자기의 약점을 들춰내는 것과 같은 느낌이 들었기 때문이다.

그러나 여기서는 이름을 아는 한, 서로에게 거짓을 말하는 것은 의미가 없다.

그리고 이곳에 관한 해박한 지식이 있는 청신악에게 그 검에 대해서 정확하게 설명하여 고견을 듣는 것이 더 나을 수도 있다.

그렇게 생각한 피월려는 사실을 순순히 털어놓았다.

"예. 그렇습니다. 그것을 제작한 자의 사념(死念)이 강하게 들어 있습니다."

피월려의 대답에 청신악은 눈을 날카롭게 뜨며 물었다.

"사념? 그 제작자가 죽은 뒤에 그 검에 귀신처럼 빙의한 것인가?"

"그렇게 생각할 수도 있겠군요. 무아지경에 빠졌을 때, 어렴풋이 그 제작자와 조우한 기억이 납니다. 그와 대화를 했던 것 같기도 하고… 하여간 소용없었지만."

"그렇다면, 그 사념이 자네와 함께 있기를 거부해서 다른 곳에 떨어졌을 가능성이 크겠군. 혹은 그 반대도 마찬가지고."

"떨어졌다니요?"

"이보다 더 깊은 곳으로 말이네. 사념이니 여기서 더 떨어진다고 해도 이상할 게 없지."

"더 깊은 곳이라면, 더 비현실적인 곳을 칭하시는 겁니까?"

피월려가 표정에 궁금증을 가득 담고 있자, 청신악은 너털웃음을 터뜨리며 타이르듯 말했다.

"그렇네. 그러나 이제 본론으로 돌아가세. 자네의 검은 분명히 흥미로운 얘깃거리지만, 여기 존재하지 않는 한 대화할 의미가 없지."

본론이라 함은 바로 이곳에서 탈출하는 것이다. 애초에 청신악이 피월려에게 호의를 베푼 것도, 지금까지 이런저런 이야기를 해주며 이 세계에 대한 이해를 도운 것도, 전부 이곳에서 탈출하기 위한 포석이었다.

피월려는 고개를 끄덕이며 동의했다.

"제가 갑작스레 무아지경에 빠져서 시간을 낭비하게 한 점은 사과드립니다. 한시라도 빨리 나가고 싶으셨을 텐데 말입니다."

청신악은 헛웃음을 지었다.

"하하하. 어려운 설명을 척척 알아들어 머리가 뛰어나도 너무 뛰어난 줄 알았더니 그래도 인간 같은 면모가 있었구먼! 하지만 여기서 시간을 낭비한다는 개념은 성립하지 않는다네."

"그렇습니까? 제가 무아지경에 빠진 시간이 제 생각보다 짧았나 봅니다?"

"그 말도 성립하지 않네."

"……"

"여긴 하루도 한 시진도 없네. 나는 그저 자네가 무아지경이 끝날 때까지 꽃을 감상하겠다고 마음을 먹었고, 자네가 무아지경이 끝나자 꽃을 감상하는 것을 멈췄을 뿐이네."

피월려는 머리를 긁적였다.

"힘들군요."

"여기는 보고 싶은 것이 보이고 듣고 싶은 것이 들리는 곳이네. 감각이 곧 현실이 되지. 그 법칙에는 시간 감각도 포함이네. 내가 느끼고 싶은 시간 혹은 느낀 시간이 곧 현실의 시간이 되지. 나는 그렇게 마음을 먹음으로써, 자네에게 내 시간을 위임한 것이네. 이해가 되는가?"

"솔직히 시간만큼은 이해가 되지 않습니다. 아까 제가 무아지경에 빠지기 전에 했던 대화에서 묻고 싶었던 질문이 있습니다만 다소 실례가 될 수 있습니다. 질문해도 되겠습니까?"

"무엇인지 예상이 가지만… 묻게."

피월려는 침을 한번 크게 삼켰다.

그리고 가장 마음속 깊은 곳에 묻어놓은 생각을 끄집어내었다.

대답을 듣기가 무서워 차마 언급하는 것조차 하지 못했던 것… 지금까지 내색하지 않았지만 가장 걱정되는 부분을 이야기하는 것이라 다소 격양된 목소리가 흘러나왔다.

"어르신께서는 천삼백 년이라는 세월을 여기 갇혀 지내시지 않으셨습니까? 그리고 이곳의 시간은 뒤죽박죽입니다. 그렇다면 제가 지금 나간다고 해도, 과연 현실세계에서는 얼마나 오랜 세월이 흘렀겠습니까? 느낌상 제가 이 세상으로 온지 한 시진 남짓 된 것 같지만, 밖에서는 얼마나 시간이 흘렀겠습니까? 한 백 년이 넘어……."

청신악은 갑자기 그의 말을 잘랐다.

"자네가 말했군."

"예?"

"자네가 지금 말했군."

"무엇을 말입니까?"

"밖에 시간이 얼마나 지났는지."

"무슨 말씀을 하시는 겁니까? 전 그냥 질문을……."

"한 시진 말일세."

"……."

피월려는 눈동자를 크게 뜨고 그를 보았다. 그런 그를 향해 청신악은 양 손바닥을 내밀면서 대수롭지 않다는 어투로 설명했다.

"자네가 자네 입으로 한 시진 정도 이곳에 있었다고 말했네. 그럼 자네는 한 시진 동안 있었던 것이야."

"……."

"간단하지 않은가?"

피월려는 고개를 돌리며 강하게 부정했다.

"그렇다면, 제가 한 시진이 아니라 두 시진이 됐다고 생각한다면 그 즉시 두 시진이 지나게 되는 겁니까? 제 생각에 따라서 이곳의 시간이 아니라 현실의 시간까지도 바뀌다니 그건 말이 되지 않습니다."

이제는 목소리가 마치 화가 난 것처럼 변했다. 그러나 청신악은 연배가 높은 사람답게 피월려의 치기도 모두 담아내는 포근한 목소리를 유지했다.

"여기서 정말로 말이 되지 않는 건, 자네가 한 시진이라 느껴놓고 두 시진이라 생각하는 것이지."

피월려는 얼굴을 잔뜩 찌푸리며 반항적으로 되물었다.

"예?"

청신악은 검지를 들어 피월려의 눈앞에서 흔들어 보였다.

"자네는 자네가 무엇을 느끼는지 결정할 수 있나?"

"······."

"자네는 자네가 무엇을 믿는지 결정할 수 있나?"

"······."

"자네는 자네가 무엇을 생각할지 결정할 수 있나?"

피월려는 대답할 수밖에 없었다.

"없습니다. 느끼는지, 믿는지, 생각할지··· 결정할 수 없습니다."

청신악은 슬쩍 웃었다.

"없지. 없다네. 땅 위를 걷는 사람을 보게. 그들은 마음속에 자기들이 걷는 그 땅이 갑자기 무너지리라는 생각조차 하지 않는다네. 그 이유는 바로 땅이 단단할 것이라는 믿음이 있기 때문이야. 그래서 그 믿음이 무너지면 땅 위를 걷는 간단한 것조차 하지 못하게 되지. 예를 들면, 어렸을 적 친구들의 고약한 함정에 빠져 후유증이 생겨 버렸다든지 하는 거 말일세."

"......"

피월려는 뭐라 말을 하고 싶어 입술을 들썩거렸지만, 정작 말은 흘러나오지 않았다. 청신악은 노련하게 피월려가 스스로 말하려는 의지를 꺾을 때까지 조용히 기다려 주었고, 그의 입술이 더는 움직이지 않는 것을 보고 다시 조용히 말을 이었다.

"마찬가지로, 자네가 한 시진이라 느낀 그 느낌은 자네가 마음대로 휘두를 수 없는 것이야. 그러니 그것은 상대적이면서 절대적이지. 마치 이 세상에 홀로 있는 자의 생각은 주관적이면서 객관적인 것처럼. 이제 이해가 되는가?"

피월려는 이 말이 어디선가 들었던 것처럼 머릿속에서 번쩍거렸다.

스승님이 가르쳐 준 용안심공.

그 묘리와 일맥상통했다.

피월려는 자기도 모르게 거칠어지는 호흡 때문에 손을 들어 입을 가렸다. 그럼에도, 숨결은 가라앉질 않았다.

피월려가 말했다.

"이해했습니다."

이번에는 청신악의 눈동자가 동그랗게 변했다.

"저, 정말인가?"

"예."

피월려의 눈빛은 총명하게 빛났다. 청신악은 그 눈빛을 통해서 피월려가 거짓을 이야기하지 않는다는 것을 확신할 수 있었다.

청신악은 어이가 없었다.

"믿기지가 않는군. 이걸 한 번에 알아들었다는 말인가?"

"한 번에 이해한 것이 아닙니다. 원래 이것과 같은 묘리를 가진 심공을 십 년 정도 익히고 있었기에 가능한 일이었습니다."

"그래도 그렇지……."

"그것이 그리 대단한 것입니까?"

"자네 나이에는 심히 그러하네. 내가 자네 나이 때는 여자 치맛자락에 휘둘려 아주 죽을 쑤고 다녔네만… 이거 이거, 부끄러워지는군."

"하하하. 어르신도, 어르신과 같은 해박한 선배가 옆에서 자세히 설명해 주었다면 젊은 시절에도 충분히 이해하실 수 있었을 것입니다."

"그랬다면 환갑이 되기 전에 입신의 경지에 올랐겠지. 자네
도 이 깨달음을 무공에 적용시키는 법을 빨리 찾으면 매우 이
른 시일 안에 대단한 경지에 이를 것일세."

피월려는 무의식적으로 주먹을 불끈 쥐었다.

"그렇겠죠."

청신악은 야망으로 불타는 피월려의 눈빛을 보고 미소를
지었다. 그는 피월려의 어깨를 툭 치며 몸을 돌렸다.

"슬슬 가세, 출구로. 별로 멀지 않으니 금방 도착할 것일
세."

"아, 예!"

상념에서 벗어난 피월려는 앞서서 꽃밭 사이를 걷는 청신악
의 뒤를 쫓았다.

*　　　　*　　　　*

꽃밭을 걷다 보니, 흑로가 점차 얇아지는 것을 알 수 있었
다.

마치 현실세계에서 울창한 숲으로 들어갈수록 숲길이 점차
얇아지는 것과 비슷했다.

이윽고 흑로는 완전히 사라지고, 오로지 꽃으로만 가득한

세상이 펼쳐졌다.

각양각색의 꽃들이 서로 뒤엉켜 땅 위에 가득히, 촘촘히 피어 있어, 그 속에 있는 청색의 땅이 보이지 않을 정도였다. 다행히, 꽃들은 모두 무릎까지밖에 오지 않았고 그 줄기가 굵지도 않았기에, 한 발, 한 발 성큼성큼 밟으며 걸으면 걷는 데 그리 큰 무리는 없었다.

피월려는 수시로 땅을 보며 최대한 아름다운 꽃을 밟지 않으려고 노력했다.

청신악의 꽃밭이니 웬만하면 망쳐놓지 않는 편이 좋을 것 같았기 때문이다.

그러나 어차피 여기서 나가게 될 텐데 그가 꽃이 망가지든 말든 큰 상관을 할까라는 생각이 들었다.

그는 물으려 했다. 그런데 그가 질문을 입 밖으로 꺼내려 하기 바로 직전, 한 가지 이상한 점이 그의 시야에 들어왔다.

눈앞에서 먼저 걸음을 걷는 청신악은 마치 평지 위를 걷듯, 편안한 자세로 움직이고 있었던 것이다.

무릎 위까지 발을 들어야만 걸음을 옮길 수 있었던 피월려는 마치 눈이 높이 쌓인 겨울밤에 산길을 걷는 것과 같이 힘들게 걸었는데, 청신악은 그 눈을 모두 뚫어버리며 걷는 듯했다.

꽃밭의 꽃들은 마치 청신악이 어디로 걸어갈지 아는 것처럼 그의 걸음을 전혀 방해하지 않았다.

피월려는 몸을 돌려 뒤를 보았다. 역시 땅 위는 각양각색의 꽃밭이었고, 그가 걸어온 발자국들이 그의 바로 뒤까지 이어져 있었다.

그러나 그곳에는 눈을 씻고 찾아봐도 단 한 명의 발자국밖에는 보이지 않았다.

피월려는 으스스한 기분이 들어 물었다.

"어르신."

청신악은 역시 편안한 걸음을 쉬지 않으며 대답했다.

"왜 그러시나? 오래 걷다 보니 지루해진 모양인데, 곧 있으면 도착일세. 조금만 더 참으시면 되네."

"아, 다름이 아니라 질문을 하나 해도 되겠습니까?"

"하하하, 우습군. 지금까지 우리가 했던 대화를 모두 잊어버린 건가? 질문하는 것을 허락받으려 하다니… 그냥 해보게."

"그, 어르신께서 걷는 걸음이 이상해서 말입니다."

"무엇이?"

"무릎 위까지 올라오는 이런 꽃들을 헤쳐가시면서 마치 평지를 걸으시는 듯합니다. 혹 어떤 고강한 보법을 익히셨습니까?"

"글쎄. 보법이야 익혔네만, 딱히 펼치며 걷고 있지는 않네. 그런데 자네 눈에는 여기가 어떻게 보이기에 그러는가? 마치 말하는 어투가 꽃이 숲속의 나무만큼이나 있어 걸음을 방해하고 있다는 듯이 이야기하는구면."

"아, 아닙니까? 제 눈에는 바닥이 보이지 않을 정도로 꽃들로 둘러싸여 있었습니다."

청신악은 걸음을 멈췄다.

"정말인가?"

"예."

"……."

청신악은 짐짓 심각한 표정을 지으며 땅을 훑었다. 마치 뭔가 걱정하는 듯 보였다.

피월려는 조심스레 물었다.

"혹 꽃들이 보이는 것이 문제가 있는 겁니까?"

"아니, 보이는 건 문제가 아니지. 내가 염려하는 부분은 땅이 보이지 않는다는 것이네."

"예? 땅이 보이지 않는 것을 염려하신다니요?"

청신악은 오른손을 살짝 들어 어느 한 곳을 가리켰다.

"저곳에 무엇이 보이는지 말해보게."

청신악이 가리킨 그곳에는 특별한 것이 없었다. 그저 다른 곳과 마찬가지로 꽃으로 뒤덮여 있었다.

"아무것도 없습니다만. 그냥 꽃밭입니다."

"역시……. 꽃에 가려서 보이지 않는군."

"어르신의 눈에는 그곳에 무엇이 있습니까?"

"낭떠러지 같은 웅덩이가 있네. 지름 일 장 정도의 거대한 우물처럼 생겼네. 그 속은 빛이 전혀 들어가지 않아 아무것도 보이지 않네만."

"그럼 제 눈에는 그 웅덩이가 보이지 않는다는 뜻입니까?"

"웅덩이들이겠지. 지금 내 눈에 보이는 것만 해도 백 개가 넘어가니까. 이거 위험하겠군. 내 영향권을 벗어나면 벗어날 수록 저 웅덩이의 크기와 숫자가 점차 늘어나니, 보이지 않는 다면 언젠가는 봉변을 당하기 쉬울 것이야."

"웅덩이에 빠지면 위험한 것입니까?"

"위험하겠지. 저것은 이곳 주변에 사는 또 다른 주민의 것이네. 저렇게 함정을 파놓고 누군가 빠지기를 기다리는 것이지. 아마 좋은 의도로 만들어놓은 것 같지는 않군."

"하지만, 제 눈에 보이지 않는다면 제겐 영향을 미치지 못하는 것 아닙니까? 여긴 그런 세상 아닙니까?"

"확실히… 확실히 그런 세상이지. 하지만, 저 웅덩이는 다른 것이 숨겨져 있어. 내 눈에도 확실히 보이지 않아 웅덩이로 보이는 것일 뿐, 그 속에 무엇이 있을지는 미지수일세. 그리고 그 무엇이 만약 환경이라면, 자네에게도 영향을 미칠 것일세."

"환경이라 함은 전에 보았던 그 관음불상과 비슷한 것이겠군요."

"바로 보았네. 흠, 이래서는 입구까지 도착하는 시간이 길어지겠군. 하지만, 어쩔 수 없지. 자네의 눈에는 저것이 보이지 않는다고 하니, 내 뒤를 졸졸 쫓아올 수밖에. 발걸음마다 신중에 신중을 기하게나."

"아, 알았습니다."

청신악은 몸을 돌려 걸음을 걷기 시작했다. 그러나 전과 다르게 그 보폭이 매우 좁았고 조심스러웠다. 피월려는 그를 따라가며 주변을 주의 깊게 살폈지만, 역시 눈에 들어오는 것은 각양각색의 꽃뿐이었다.

그렇게 반 시진을 걸었을까, 피월려는 갑자기 구름에서 뿜어진 황금빛 때문에 눈을 감으며 손으로 앞을 가렸다.

"입구일세!"

청신악이 크게 외쳤다. 피월려는 눈이 점차 빛에 적응되자 실눈을 뜨고 그 앞을 바라보았다.

그곳에는 투명한 유리로 만들어진 계단이 어느 한 지점에서부터 하늘까지 높게 이어져 있었다. 그리고 구름 위에는 휘황찬란한 황금문이 있었는데, 승천하는 용 두 마리가 음각(陰刻)되어 있었다.

피월려는 입을 딱 벌리고 중얼거렸다.

"설마 누가 봐도 입구인 것처럼 저렇게 생겼을 줄은 꿈에도 몰랐습니다만. 매우 호화찬란한 황금문이군요."

청신악은 다급하게 물었다.

"몇 개가 보이나?"

"몇 개라면 황금문 말입니까?"

"그래."

"한 개입니다."

피월려의 대답을 듣자 청신악은 갑자기 누런 이를 드러내며 웃었다.

"크하하하! 다행이군 역시 자네 눈에는 하나로 보일 줄 알았네."

"어르신의 눈에는 입구가 여러 개로 보이십니까?"

"밤하늘의 별만큼 많이 보이네. 무엇이 진짜인지 가짜인지 구분할 수 없을 만큼 말일세."

"어째서 그런 겁니까?"

"자네는 이곳에 들어온 지 별로 되지 않았고, 또한 많은 것을 보지 못했네. 고뇌한 시간도 적었고, 상념에 젖은 시간도 많지 않았지. 따라서 자네는 누구보다 깨끗한 눈을 가진 것일세. 누구보다도 객관적인 시야를 말일세. 그러니 밖으로 나가는 입구도 호화찬란하게 보이는 것이지. 자네가 나가고 싶어

하는 만큼."

"하지만, 바로 전까지는 보이지 않았습니다."

"그건 그곳이 아직 내 영역이었기 때문일세. 이곳은 특별히 누구의 영향도 받지 않는 중립 지역이네. 따라서 자네의 소망이 온전하게 보이는 것이지. 그러나 아주 조금, 극도로 작은 부분만큼이지만, 자네는 완전한 객관적 시야를 가진 것이 아니네. 그래도 여기 한 시진이나 있었으니까 말일세. 그 부분으로 말미암아서 생긴 주관성은 내가 봐줌으로써 없앨 수 있지."

"그렇습니까? 그럼 서둘러 나갑시다."

"좋지. 드디어 이 지긋지긋한 곳을 나간다니. 크하하하!"

청신악은 허리에 두 손을 대고 하늘 높이 크게 웃었댜. 그의 모습은 누가 보아도 매우 즐거워한다는 것을 알 수 있었다.

그러나 피월려는 마음 한편이 착잡해지는 기분이 들었다. 청신악의 기분을 상하게 하고 싶지 않았지만, 한 가지 묻지 않을 수가 없었기 때문이다.

"어르신."

"응, 왜 그런가?"

"어르신께서는 적어도 이곳에 천삼백 년 동안이나 있으셨습니다. 잊지 않으셨겠지요?"

피월려의 말이 끝나자 청신악의 얼굴에서 미소가 사라졌다.

기쁨을 표현하던 주름이 모두 제자리로 돌아가는 듯했다.

다소 차가운 목소리가 청신악의 입에서 흘러나왔다.

"잘 알고 있네."

"밖으로 나가면 아마 인간의 모습이 아닐 겁니다. 그럼에도 나가실 것입니까? 혹 두렵지는 않으십니까? 어떻게 되실지……."

청신악은 고개를 떨어뜨리며 피월려의 시선을 피했다. 그는 한동안 한숨만을 내쉬더니 곧 힘없는 목소리로 말했다.

"내 육신이 모두 쇠하여 땅으로 돌아갔다면, 내 영은 아마 승천할 것일세. 그도 아니면 귀신이라도 되어버리겠지. 그래도 나는 밖으로 나가야만 하는 이유가 있다네."

"그것이 무엇입니까?"

"만날 사람이 있네."

"어르신… 다시 한번 말하지만 천삼백 년이나……."

청신악은 피월려의 말을 잘랐다.

"상관없네. 볼 수 없다면 그 묘라도 찾아가면 되니까. 묘가 없다면 자손이라도 보면 되니까. 하나하나 찾아가 이목구비 하나하나 모두 맞추다 보면 언젠간 그 그리운 얼굴이 보이지 않겠나?"

"연인입니까?"

"뭐, 그렇지."

"……"

한동안 어색한 침묵이 흘렀다.

먼저 그것을 깬 것은 청신악이었다.

"가세. 늙은이의 지루한 연애담을 듣고 싶지 않다면 말일세."

피월려는 피식 웃으며 걸음을 먼저 옮겼다.

"솔직히 듣고 싶습니다마는 나가서 듣는 것으로 하죠. 그럼 처음은 이쪽입니다."

피월려는 가장 가까이 있는 유리계단 위로 올라섰다. 그 모습을 보며 청신악은 눈에서 이채를 띠었다.

"무슨 허공 답보라도 하는 줄 알았네."

"아, 이 계단이 보이지 않으십니까?"

"계단? 입구로 향하고 있는 건가?"

"예."

"참나! 아주 편리하게 생겼겠군. 한 계단당 크기가 어떻게 되는가?"

"가로로 일 장, 세로로 반 장 정도로 보입니다."

"알았네."

청신악은 슬쩍 다리를 들어 피월려의 옆에 살며시 올려놓았다.

피월려는 청신악이 발끝을 세우고 온 신경을 다해서 느리게 발을 내려놓는 것이 우스꽝스러워 웃음을 참아야 했다. 확실히 청신악에게는 그 계단이 보이지 않는 것 같았다.

청신악은 몇 번 계단을 두드리며 재차 확인하더니 곧 입을 굳게 닫고는 번쩍 뛰어 올라섰다.

그러고는 두 팔을 휘청거리며 자세를 잡더니, 한숨을 크게 내쉬었다.

"하. 이제 보이는군."

"아! 계단이 보이십니까?"

"지금 우리가 밟고 있는 것 하나만 말일세. 다음 계단이 어디 있는지는 계속해서 알려줘야 하네."

"그렇습니까? 그럼 먼저 가겠습니다."

피월려는 다시 한 발자국을 떼어 다음 계단으로 이동했다. 그리고 청신악 또한 그의 도움을 받아 다음 계단에 오른 다리를 올려놓았다.

그리고 그가 왼 다리를 첫 계단에서 떼는 즉시, 하늘에서 금색의 불상이 떨어져 내리면서 오른 손날로 그 유리계단을 박살 내버렸다.

쿵!

피월려는 순간 얼이 빠졌다.

"뭐지? 왜 그러는가? 표정이 이상하구먼."

청신악은 피월려의 놀란 표정을 보며 물었다. 하지만, 피월려에게는 느긋하게 대답할 여유가 없었다. 그 거대한 불상이 또다시 손을 들어 그와 청신악이 밟으려는 계단을 부수려고 했기 때문이다.

피월려는 청신악의 허리에 손을 감아 번쩍 들어 올렸다. 청신악은 영문을 모른 채, 옆으로 던져지며 피월려가 그와 다른 방향으로 몸을 던지는 것을 보았다. 그리고 유리계단이 산산조각으로 박살 나며, 불상의 모습이 갑자기 눈에 들어오기 시작했다.

그 불상은 괴기스러운 표정을 지으며 으드득거리는 소름 돋는 소리와 함께 고개를 돌려 청신악을 노려보았다. 금으로 된 눈썹과 눈이지만, 그 속에 담긴 생동감은 살아 있는 생물이라 해도 부족함이 없었다. 그리고 그 입술도 달싹거리며 무슨 말을 하는 듯했는데, 마치 '네 이놈'이라 말하는 것을 반복하는 듯 보였다.

청신악은 순간 아차, 하는 생각이 머릿속에 스쳐 지나갔다. 그가 피월려를 불상으로부터 숨겨주었지만, 그것이 적용될 수 있는 범위는 그의 영향이 미치는 그의 공간일 뿐, 환경이 지배하는 공통 구역에서는 불가능했다.

그러니 그의 영역에서부터 나오자마자 불상이 피월려의 위치를 알아내고 온 것이다.

청신악은 엄청난 위기가 온 것을 직감하며 본능적으로 피월려를 찾았다.

그리고 그는 외치지 않을 수 없었다.

"조심하시게! 맨손으로 저놈을 부술 수는 없어!"

그의 목소리는 매우 다급했지만, 이미 한발 늦은 뒤였다.

불상은 시선을 청신악에 고정한 채로, 두 팔을 들어 올려 피월려를 쉴 틈 없이 내려찍었기 때문이다. 도대체 어떻게 시야가 확보되는지 알 수 없었지만, 불상의 양손은 정확하게 피월려를 노려, 고수의 민첩함으로도 피하기 어려운 움직임을 보여주고 있었다.

피월려는 그것을 피하느라 정신이 없었고, 청신악의 말에 신경 쓸 수 있는 상황이 아니었다.

그런데 청신악은 문득 이상함을 느꼈다. 불상은 끊임없이 '네 이놈!'을 반복하며 피월려를 공격하고 있었는데, 불상의 목소리가 전혀 들리지 않았기 때문이다.

그뿐만 아니라, 불상이 손날을 내려찍으며 주변 땅을 엄청난 속도로 파내고 있는데, 그 땅이 파지는 소리도 들리지 않았다. 심지어 미세하게나마 울려야 하는 땅의 진동도 느껴지지 않았다.

그리고 보면 처음 피월려가 불상을 보고 놀랐을 때도, 청신악은 아무것도 듣지 못해 피월려가 무엇을 보고 놀랐는지 알 수 없었다.

청신악은 심각한 표정을 지으며 입술을 매만졌다.

"시각을 제외한 모든 감각이 단절된 것인가. 골치 아프군."

그나마 시각이 확보된 것은 불상 또한 청신악의 움직임을 파악하기 위해서 그의 모습을 보려고 했기 때문일 것이다. 그러니 고개를 청신악에게 고정하는 것이 아니겠는가?

청신악은 자신은 피월려에게 아무런 도움을 줄 수 없다는 것을 깨달았다.

그 와중에도 피월려는 숨 가쁘게 불상의 공격을 피하고 있었다. 다행히 청신악의 말을 듣기는 들었는지, 반격보다는 회피를 위주로 하고 있었다.

그는 이 상황을 어떻게 타개할까 고민했다. 그러나 그가 해결책을 찾기도 전에 먼저 위기가 눈에 보였다.

"뒤로 가면 안 되네! 거기 검은 웅덩이가 있네!"

꽃에 가려 검은 웅덩이의 존재가 보이지 않는 피월려로서는 오로지 불상의 움직임만 볼 수 있었기 때문에, 자칫 잘못하다가는 검은 웅덩이 속에 빠지기 십상이었다.

피월려는 청신악의 경고를 분명히 들었다. 그러나 뒤로 가지 않고는 도저히 피할 수 없는 공격에 맞닥뜨려, 어쩔 수 없이 다리를 뒤로 뺄 수밖에 없었다.

피월려의 발이 검은 웅덩이에 닿았다.

"치잇."

청신악은 어떤 일이 벌어질지 정확하게 알 수 없었지만, 결코 좋은 일이라 생각하지 않았다. 그는 주변을 살피며 상황을 주시했다.

우선, 피월려의 발이 검은 웅덩이를 밟자 검은 웅덩이의 수면에 잔물결이 생겼다. 그리고 곧 사라져 버렸다.

그리고 끝이었다.

"뭐지? 저것뿐인가?"

청신악이 걱정했던 것만큼 큰일은 벌어지지 않았다. 피월려는 지금 자기가 검은 웅덩이를 밟았다는 사실조차 모르고 있는 듯했다.

아마 속으로 빠지든, 뭔가 튀어나오든 할 줄 알았는데 아무런 일도 벌어지지 않자 청신악은 고개를 갸웃했다. 하지만, 일단 말을 해두어야 피월려가 피하기가 쉬워진다.

"검은 웅덩이는 신경 쓰지 않아도 될 것 같네. 그냥 잘 피하고 있게. 내가 한번 수를 찾아보겠네."

피월려는 살짝 고개를 끄덕이는 것으로 대답하며 다시 불상의 공격에 집중했다.

손날이 땅에 부딪힐 때마다 사람 하나가 들어갈 수 있을 정도로 파이고 있으니, 단 한 대라도 맞았다가는 즉사다. 말을 입 밖으로 꺼낼 만한 여유를 부릴 수 없었다.

청신악은 우선 내력을 끌어 올렸다. 그리고 흑십구에 잔뜩 실어 담아, 앞으로 교차하며 휘둘렀다.

그러자 그의 흑십구를 타고 흐른 열 개의 검기가 불상에게 쏘아졌다.

엄청난 속도로 날아가 불상에 부딪히려는 그 순간, 불상의 등 뒤에서 갑자기 두 개의 손이 자라나 그 검기를 모두 잡아 내었다.

그 모습이 참으로 괴상했지만, 불상이 잡은 검기가 사라지 않고 계속 손에 잡혀 있는 것에 비하면 놀랄 일도 아니었다.

그리고 그 불상은 잡은 검기를 다시 청신악에게 집어던졌다. 게다가 그 손까지도 뽑혀 같이 던져졌다. 다행히 투척 실력은 형편이 없는지, 그가 피할 필요도 없이 모두 빗나가 버렸다.

그 와중에도 불상은 피월려를 공격하는 것을 쉬지 않았다. 청신악은 헛웃음을 내쉬며 중얼거렸다.

"검기를 무슨 검처럼 잡는군. 저걸 어떻게 상대한담?"

그는 짧게 고민하고는 직접 다가가 공격하는 것으로 결론을 내렸다.

인간의 공격에는 흠집도 안 날 불상이지만, 일단 피월려의 수고를 덜어줘야 무슨 수가 나올 것 같았다.

기억이 나지 않을 정도로 오랜만의 싸움이다.

청신악은 빠른 속도로 불상에게 다가갔다. 그러자 그 불상이 입을 열어 그에게 말했다.

"참으로 이 부정자를 도우려 하는 것인가!"

그 목소리와 함께 불상이 공격하는 소리가 들리기 시작했다. 불상이 청각의 교류를 허락한 것이다. 청신악은 펼치던 보법을 잠시 멈추고 말했다.

"어쩔 수 없네. 그는 이곳에서 나가기 위한 유일한 길이니."

그의 말이 끝나자 불상의 얼굴은 더욱 괴기스럽게 일그러졌다.

"부정자와 함께하다니 네놈 또한 부정자이다! 부정자! 부정자! 부정자! 부정자!"

엄청난 분노를 담은 목소리가 하늘에 닿을 듯 쩌렁쩌렁하게 울렸다.

그리고 불상은 피월려를 공격하던 두 팔 중 하나를 들어 청신악을 공격하기 시작했다.

퍽! 퍽! 퍼억!

불상의 손이 땅에 닿을 때마다 섬뜩한 소리가 귓가에서 들렸다.

청신악은 이런 무지막지한 압박을 두 배로 지금까지 견딘 피월려가 새삼 대단하게 느껴졌다.

그 와중에 피월려가 말했다.

"덕분에 조금 쉬워졌습니다."

피월려는 조금 큰 소리로 말했지만, 부정자라고 외치는 목소리와 쿵쿵거리는 소리가 반복적으로 울리는 탓에 청신악은 듣지 못했다.

청신악이 손으로 귀를 툭툭 건들자, 피월려는 다시 온 힘을 다해 외쳤다.

"덕분에 쉬워졌습니다!"

쿵! 쿵! 부정자! 부정자!

이번에는 알아들은 청신악은 앞으로 피하면서 외쳤다.

"이보다 두 배나 되는 것을 지금까지 피했다니 참으로 대단하네! 어디서 그런 보법을 배웠는가?"

쿵! 쿵! 부정자! 부정자!

피월려는 허리를 젖혀 뒤로 돌며 외쳤다.

"보법이 아닙니다! 심공이지요! 회피할 때는 매우 쓸 만합니다. 그런데 생각해 두신 수가 무엇입니까?"

쿵! 쿵! 부정자! 부정자!

청신악은 고개를 숙이며 말했다.

"일단 계단에서부터 이 불상를 떨어뜨려 놓는 것이 좋겠네!

내 예상과 다르게 검은 웅덩이는 별로 신경 쓰지 않아도 될 것 같으니까, 일단 한 방향으로 조금씩 움직이며 유인하세! 계단이 보이는 자네가 먼저 방향을 잡게!"

쿵! 쿵! 부정자! 부정자!

피월려는 청신악의 걸음에 맞춰 살며시 한쪽으로 비스듬히 움직이며 손날을 피했다.

"이쪽으로 가는 것이 좋겠습니다! 그런데 유인한 다음에는 어떻게 합니까?"

쿵! 쿵! 부정자! 부정자!

"그다음엔 눈치를 살피다가 자네가 나를 업고 나서 무작정 계단 위를 뛰는 것이지!"

쿵! 쿵! 부정자! 부정자!

"아! 알았습니다!"

쿵! 쿵! 부정자! 부정자!

피월려는 용안의 힘을 조금 더 빌려, 한쪽으로 기울여서 불상의 공격을 회피했다.

그렇게 그들은 조금씩 계단으로부터 멀어졌다. 그 와중에 피월려는 몇 번이나 검은 웅덩이를 밟았지만, 청신악은 애써 불안감을 마음속에서 지우며 불상의 손날을 회피하는 것에 집중했다.

그리고 어느 정도 거리가 멀어졌을 때에, 피월려가 청신악에게 외쳤다.

"이제 된 것 같습니다만!"

쿵! 쿵! 부정자! 부정자!

청신악이 크게 물었다.

"계단까지 거리가 얼마나 되는가?"

쿵! 쿵! 부정자! 부정자!

"적어도 오십 보는 될 것입니다."

쿵! 쿵! 부정자! 부정자!

"좋네. 그럼 자네가 밖으로 빠져나가면서 나를 업고 보법을 펼치게!"

쿵! 쿵! 부정자! 부정자!

"저는 보법을 익히지 않았습니다!"

쿵! 쿵! 부정자! 부정자!

"뭐라고? 그걸 말이라 하는가? 지금까지 어떻게 피했는가!"

쿵! 쿵! 부정자! 부정자!

"심공이라 하지 않았습니까? 하여간 보법을 펼치지 못합니다!"

쿵! 쿵! 부정자! 부정자!

"그러면 어쩔 수 없군. 일단 내가 자네를 업고 뛰겠네! 그다음에 계단에 도착하면 자네가 나를 업고 뛰어야겠지! 방향을 잘 알려주게."

쿵! 쿵! 부정자! 부정자!

"알았습니다!"

쿵! 쿵! 부정자! 부정자!

"자, 그러면! 하나! 둘! 셋!"

청신악의 말을 끝으로, 피월려와 청신악은 둘 다 동시에 한 쪽으로 번쩍, 앞으로 구르듯 도약했다.

쿵! 쿵!

그들이 있던 곳에 불상의 두 손이 하늘에서 떨어졌지만, 그들을 맞추지 못하고 애꿏은 땅만 팠다.

"잡게!"

피월려는 청신악의 뻗은 손을 보았다. 그의 손이 닿기에는 조금 먼 거리였지만, 손가락보다 조금 더 긴 흑십구에는 손길이 닿을 수 있었다.

피월려는 검지와 중지 사이로 흑십구 중 한 갈고리를 붙잡았고, 몸의 내력을 이용하여 그곳에 온 힘을 집중했다. 청신악 역시 내력을 동원하여 팔을 안쪽으로 굽히면서 피월려의 움직임을 도왔다.

탓! 타핫!

청신악의 발이 땅에 닿는 순간, 그는 발목을 뒤로 틀면서 몸을 돌렸다.

그리고 피월려는 땅에 닿은 발을 더욱 앞으로 차면서 쏘아졌고, 구심점이 된 청신악은 그의 허리를 붙잡아 위로 들면서 뱅그르르 돌았다.

피월려는 몸이 돌아가는 와중에 청신악의 오른쪽 어깨를 붙잡아 자세를 유지했고, 청신악은 왼손을 뻗어 왼쪽 어깨에 피월려를 둘러멨다.

피월려는 손을 쭉 뻗으며 말했다.

"저쪽으로 달리십쇼."

뒤에서 불상이 따라오고 있는 것은 굳이 보지 않아도 당연했다.

청신악은 전신의 내력을 다리에 집중하여 가장 빠른 보법을 펼치며 피월려가 가리킨 방향으로 내달렸다.

탓!

쿵!

탓!

쿵!

한 발자국을 가면 한 굉음이 바로 뒤에서 들렸다.

땅이 푹푹 꺼지는 소리가 바로 등 뒤에서 연달아 들리니, 감히 뒤를 돌아볼 용기조차 사라졌다. 피월려와 청신악은 잔뜩 굳은 얼굴로 대화조차 하지 않았다.

"두 보 앞입니다!"

피월려는 계단에 가까워지자 큰 소리로 외쳐 경고했다. 청신악은 내력을 끌어 올려 최대한 앞으로 도약했고 그들은 공중에 몸이 뜨게 되었다.

정확한 거리를 볼 수 없었던 청신악은 계단을 넘어설 정도로 강하게 뛴 감이 없지 않아 있었다. 피월려는 몸을 돌려 청신악의 어깨에서 내리면서 그의 오른손을 꽉 붙잡고, 왼손으로는 계단의 가장자리를 붙잡았다.

"어허헛!"

청신악은 그대로 뒤로 날아가 버릴 뻔했지만, 피월려는 극양혈마공의 강대한 내력으로 그를 지푸라기 다루듯 위로 끌어 올렸다.

청신악은 붕 떠오르며 피월려의 뒤쪽에서 엄청난 속도로 돌진하는 불상을 볼 수 있었다.

그 불상은 분노라고 표현해도 모자랄 정도의 감정이 담긴 표정을 지으며, 일 척 높이만큼 뜬 채 합장하는 자세로 날아오고 있었다.

그리고 합장하던 그 손을 육안으로 확인할 수 없을 만한 속도로 땅에 내려쩍었다.

쿵!

다음번은 확실히 피월려의 등을 명중시킬 것을 예감한 청신악은 큰 소리로 외치지 않을 수 없었다.

"뒤에 바로 불상이 있네! 조심하게!"

그의 말이 끝나기도 전에 불상은 이미 손을 들어 올린 뒤였다.

그러나 다행히도 피월려는 청신악의 표정을 보고 이미 상황을 이해하여 계단을 밟는 것과 동시에 가장 가까운 계단으로 도약했다.

쾅!

불상에 의해서 유리계단은 산산조각이 났으나, 피월려는 이미 다른 계단으로 이동한 후였다.

그는 손에 힘을 집중하여, 공중에 떠 있는 청신악을 끌어올려 그의 어깨에 올렸다. 그리고 최대한 재빠르게 계단을 타고 위로, 또 위로 향했다.

쾅! 쾅! 쾅!

그가 이동할 때마다, 불상은 계단을 하나씩 박살 냈다. 그러나 어느 정도의 높이에 이르자, 그 불상은 멍하니 그들을 쳐다만 볼 뿐, 더 위로 떠오르거나 하지는 않았다.

"아마, 저 높이 이상으로는 올라오지 못하나 봅니다."

피월려는 이마의 땀을 훔치며 깊은 한숨을 내쉬었다. 붉은색의 땀이 그의 옷을 적시며 붉게 물들였다.

"아마, 그런가 보네. 천만다행이군."

청신악도 그의 어깨에 올라탄 채 발로 아래를 툭툭 찌르며 계단의 위치를 살폈다. 그리고 그 계단이 육안에 보이기 시작하자, 피월러의 어깨에서 내려 그 계단에 털썩 주저앉았다.

청신악은 피곤한 듯이 양손으로 다리를 두드리며 말했다.

"노년에 이게 무슨 고생인가. 심장이 가슴 밖으로 튀어나올 것 같네. 이런 긴박함은 참으로 오랜만이군."

"그렇습니까? 하하. 하긴 어르신의 영역에서는 비무를 할 만한 상대도 없을 테니, 무공을 수련하며 몸이 힘들지언정 마음이 다급할 일은 없었겠습니다."

"그렇네. 그냥 꽃밭에서 시간을 보낼 일이 많았지. 참으로 오랜 시간을 말일세. 조금만 쉬세. 이거 몸뚱어리가 영 따라주지 않는군."

피월러는 슬쩍 불상을 내려다보았다. 그 불상은 억울함과 분노가 뒤섞인 눈빛으로 그들을 뚫어지도록 바라보고 있었다. 섬뜩함을 느낀 피월러는 자기도 모르게 시선을 돌렸지만, 그 불상이 더는 위협이 되지 않을 것으로 생각했다.

제이십팔장(第二十八章)

그는 청신악의 옆에 앉았다. 그리고 그의 시선을 따라 앞을 보았는데, 그제야 눈앞에 펼쳐진 환상과도 같은 장관이 눈에 들어왔다.

마음이 조급할 때는 전혀 보이지 않더니, 조금 편해지니까 보이기 시작한 것이다.

피월려는 짧게 감상평을 말했다.

"아름답군요."

청신악은 고개를 끄덕였다.

"아름답지. 아름답고말고. 여기 술이라도 있었으면 안성맞

춤인데 말이야."

"아, 그러고 보니 술을 드신 지 꽤 됐겠습니다."

"꽤라니? 자네가 말하지 않았는가? 천삼백 년은 된 것 같다고. 어른을 놀리면 못쓰네."

"놀리려는 의도는 아니었습니다."

"괜찮네."

"……."

"이런 장관을 보고 있으니, 기분이 나른해지는구먼. 갑자기 낮잠이라도 자고 싶은 기분이야."

"저도 이상하게 그렇습니다만 여기서 서둘러 나가야 하지 않겠습니까?"

"그렇지. 나가야지."

청신악은 무릎을 딱 내려치며 자리에서 일어났다. 피월려는 무릎을 꿇어 등을 그에게 보였고 청신악은 그의 등에 업혔다.

"부탁하네. 나는 불상을 주시하고 있을 테니, 걷는 것에만 신경을 쓰게. 여기서 떨어지면 필사니."

"알았습니다."

피월려는 가벼운 노인을 몸에 지고, 투명한 유리계단 위를 걸으며 점차 하늘 높이 있는 황금문에 다가갔다. 아무리 올라가도 못 올라갈 것만 같았던 높이였지만, 계속해서 걷다 보니 알아차리지 못한 새에 반이나 왔다.

그때, 청신악이 처음으로 말을 걸었다.

"흐음, 이상하군…."

피월려는 쉬지 않고 걸으며 그에게 물었다.

"무엇이 말입니까?"

"불상이 눈에 보이지 않아."

"예? 어디로 갔기에 그렇습니까?"

"눈을 깜박하니, 그 모습이 그냥 사라져 버렸네. 여기서는 흔한 일이네만……."

"그럼 어떡합니까?"

"계속 가는 수밖에 없지 않겠나?"

"그렇죠?"

"혹시 모르니, 일단 나는 계속 땅을 보겠네. 자네는 하늘을 주시하게."

"알았습니다."

피월려는 다음 계단으로 이동하며 위를 한번 보았다.

그리고 그의 위에서 정면으로 떨어지는 불상을 볼 수 있었다.

쿵!

귀를 먹먹하게 하는 굉음이 울리며 시야가 흔들렸다.

피월려는 비틀거리면서 최대한 자세를 유지하려 했지만, 뒤에 업은 청신악 때문에 자꾸 몸이 기우뚱거려 자칫 잘못하다가는 그대로 계단에서 떨어져 버릴 것 같았다.

하지만, 그보다 더 큰 위험이 있었으니, 눈앞이 너무 환해서 눈을 뜰 수 없을 만큼 가까이, 황금색의 불상이 있다는 점이었다.

놀랍게도, 피월려가 밟고 있던 계단은 그 불상이 높은 하늘에서 떨어져 그 위로 착지했음에도 흠집조차 나지 않았다. 단지 피월려가 몸을 가누지 못할 만큼 진동했을 뿐이었다.

불상은 그 좁은 계단에 피월려를 튕겨내며 비집고 들어선 것이다.

"부정자!"

불상은 귀를 틀어막고 싶을 만큼 큰 소리를 내며 합장하던 양손을 피월려를 향해 내려찍었다.

피월려는 생각할 시간도 없이, 그대로 그 계단에서 도약하여 다음 계단으로 움직였다.

쾅!

불상의 손날에는 무슨 힘이 있는지 모르겠지만, 불상의 육중한 무게도 견뎠던 계단이 얼음처럼 산산조각이 났다. 그러자 서 있을 곳을 잃어버린 불상은 합장하는 자세를 유지하며 그대로 땅에 떨어졌는데, 그 와중에도 그 괴기한 눈빛은 피월려와 청신악에게 두고 있었다.

"뭐, 뭔가! 뭐가 어떻게 된 것인가?"

갑작스러운 엄청난 폭음과 도약에 정신을 차릴 수 없었던 청신악은 피월려를 향해 물었다. 그러나 피월려는 땅으로 떨어지던 불상의 모습이 또다시 사라진 것을 깨닫고는 청신악에게 상황 설명을 해줘야 한다는 생각이 머릿속에서 사라졌다.

일단은 도망가야 한다.

피월려는 다음 계단으로 높게 도약하며 하늘 위로 고개를 돌렸다.

하늘 위에는 어김없이 불상이 떨어져 내리고 있었는데, 전과 다른 점이라면 이번에는 그가 도약한 계단이 아닌, 착지해야 하는 계단으로 떨어지고 있다는 점이었다.

쿵!

혜성처럼 낙하한 불상이 피월려보다도 먼저 그 계단에 서서 위엄을 뽐내었다.

불상의 손날은 그 머리까지 들려져 있었다. 이미 계단에서 뛰었기에, 계단과 계단 사이의 공중에 있는 피월려나 청신악의 입장으로는 그 불상의 품 안으로 죽여달라고 날아가는 꼴이었다.

그러나 하늘을 나는 새도 아닌 그들이 공중에서 움직이는 방향을 바꿀 수 있을 리 만무했다.

괴기한 표정이었던 불상의 얼굴이 갑자기 폭소를 내뿜는 광대처럼 변했다.

쾌락, 행복, 즐거움 등 좋은 감정은 모두 합쳐놓은 듯한 그런 표정이었다.

퍼억!

불상의 손날이 피월려의 등에 업혀 있던 청신악의 등에 정통으로 내리꽂혔다.

"크아악!"

붉은색의 피를 입으로 토하며 청신악의 허리가 태풍에 부러진 나무줄기처럼 꺾여 버렸다.

그 충격을 이어받은 피월려 또한 엄청난 고통을 느껴야 했다.

그리고 시작되는 낙하.

피월려는 이런 속도를 평생 체험한 적이 없었다. 벌레처럼 보이던 땅의 기묘한 식물들이 상상할 수조차 없는 빠른 속도로 확대되어 보였고 역풍을 맞아 쓸리는 얼굴에서는 살결을 인두로 지지는 듯한 화끈함이 느껴졌다.

눈을 세 번 정도 깜박하니, 벌써 땅에 도착했다. 피월려는 이대로 죽는 것을 직감하고 눈을 질끈 감았다. 그러나 어차피 죽는 것, 마지막까지 시야를 놓치고 싶지 않았던 그는 기를 쓰고 눈을 떴다.

그러나 눈을 떴음에도 앞에 보이는 건 온통 검은색뿐이었다.

풍덩!

피월려가 검은 웅덩이에 빠지자, 그 반동으로 엄청난 양의 물줄기가 하늘 위로 솟구쳤다. 검은 물의 양은 그 웅덩이의 작은 크기로는 절대로 불가능할 정도로 너무 많아, 불상이 있던 하늘 높은 곳까지 닿았다.

그런데 그 검은 물에서 고약한 냄새를 풍기는 시체들이 갑자기 쏟아져 나왔다.

마치 검은 해일에 쓸려온 수많은 시체 같았다. 한 가지 다른 점이 있다면 자기들끼리 움직이며 불상에게 달려들었다는 점이다.

"고얀 지고! 감히 망자(亡者) 주제에!"

불상은 다시 얼굴을 일그러뜨리며 손날을 이용하여 그 시체들을 하나하나 박살 냈다. 그러면서 계단에서 뛰어내려 그 검은 물줄기를 내리쳤다.

불상이 하늘에서 떨어지며, 그 손날이 검은 물줄기를 두 갈래로 갈랐다.

검은 물줄기 속에 숨어 있던 시체들은 형체를 알아볼 수도 없을 만큼 찢겨 나가며 사방으로 흩날렸고, 불상이 땅에 떨어지자 검은 웅덩이에 고인 검은 물 역시 전 방향으로 튀었다.

그렇게 사라져 바닥이 드러난 검은 웅덩이에는 피월려가 눈을 감고 누워 있었다.

씨익!

불상은 다시 괴기스러운 미소를 지으며 손날을 들어 올렸다. 그러고는 내려찍었다.

푹!

고깃덩이가 짓이겨지는 소리가 울렸다.

그러나 불상의 표정이 다시금 분노를 담았다.

"고얀 지고!"

푹!

푹!

푹!

불상은 신경질적으로 계속 반복해서 손날을 내려쳤지만, 원하는 목적을 이룰 수 없었다.

불상이 내려치려고 할 때마다, 어디서 기어 나왔는지 모를 시체들이 피월려의 위를 둘러싸고 그를 보호했기 때문이다. 불상의 손날 공격을 받은 시체는 모두 한낱 피육덩어리로 변했지만, 그 아래 있던 피월려의 외형에는 전혀 변화가 없었다.

"이! 이! 이!"

불상이 아무리 소리를 내도 시체들은 피월려를 내줄 의사가 없는 듯했다.

그뿐만이 아니라, 오히려 불상에 달라붙어 그 움직임을 봉쇄하기까지 했다. 불상의 힘이 너무나도 강력하여 한 번의 손짓에 수십 개의 시체가 모두 먼지처럼 변했지만, 땅에 존재하는 모든 검은 웅덩이에서 멈추지 않고 시체를 만들어내어 보충했다.

숫자 앞에는 장사가 없다. 시간이 흐르자 결국, 시체는 모이고 모여 불상의 황금빛이 보이지 않을 정도로 산을 이뤘다. 그 산은 이따금 꾸물꾸물거리며 그 속에 품은 불상의 막강한 힘을 보여주었지만, 중심이 다른 곳으로 이동할 만큼의 큰 움직임은 없었다.

이제 시체들은 피월려에게 다가왔다.

그리고 그의 몸을 들고서 어디론가 나르며 빠른 속도로 움직이기 시작했다.

＊   ＊   ＊

시체들의 손에 이끌려 움직이던 피월려는 손가락 하나도 제대로 움직일 수 없었다.

빠른 속도로 움직이는 하늘을 바라보는 것만이 그가 할 수 있는 유일한 것이었다.

시체들은 그에게 악감정을 품고 있지는 않은 듯 보였다. 콧속을 찌르는 불쾌한 냄새와 썩은 살이 붙은 뼈의 느낌은 그리좋지 않았지만, 시체들이 그에게 따로 해코지하는 것은 없었다. 그저, 그를 짐짝처럼 들고 어딘가로 이동하고 있을 뿐이었다.

이런 상황에 대해서 아무것도 할 수 없었던 피월려는 자신에 대한 걱정은 미뤄둔 채, 청신악에 대한 생각을 하기 시작했다.

등에 엄청난 충격을 받고 땅으로 낙하한 것까지는 기억나는데, 떨어지는 중에 그를 놓쳐 버려서 그다음에 어떻게 되었는지는 알 수 없었다.

그 또한 피월려처럼 살아 있으리라는 보장은 어디에도 없었다.

청신악에 대한 걱정은 자신에 대한 걱정만큼이나 부질없는짓이었다.

어찌 됐든 이 상황을 타개해야 한다고 느낀 피월려는 몸 안에 내재한 내력을 몸 구석구석까지 보내며 몸을 움직이려고노력했다.

그러나 그의 몸은 전혀 반응이 없었다.

거대한 압력에 둘러싸였거나 혹은 어떠한 억제력이 그의

행동을 억누르는 것이 아니라, 육신 자체가 그의 명령을 듣지 않는 듯했다.

흡사 몸의 자유를 빼앗는 악랄한 마비 독에 중독된 것 같았다.

한동안 온갖 수를 짜내며 시도해 보았지만, 모두 실패로 돌아갔다. 피월려는 결국 마음을 비웠다.

불상에게서 구출한 것과 지금까지 가만히 내버려 둔 것을 보면, 앞으로도 그에게 위협을 가할 것 같지는 않았기 때문이다.

일단 시체들이 그를 운반하려는 목적지에 도착해야만 뭔가 더 알 수 있을 듯싶었다.

그렇게 피월려는 한동안 시체들의 손에 이끌려 많은 하늘을 구경했다.

구름이 까만 것, 비와 눈이 같이 내리는 것, 알록달록한 것… 그렇게 오랜 시간이 지나자 문득 소름이 돋는 생각이 번쩍 그의 머리를 스쳐 지나갔다.

'목적지가 있기는 한 것인가?'

현실에서 이동이라는 행동은 목적지에 도착하기 위한 과정일 뿐이다.

하지만, 그 법칙이 이곳에서도 통하리라 장담할 수 없었다. 황궁보다 큰 버섯이 있고, 딱딱한 검은 길이 있는 이 괴상한 세상에서, 이동 자체가 목적인 움직임이 없으리라는 법은 없었다.

즉, 피월려는 평생을 이대로 시체의 위에서 떠다닐 수도 있다.

아니, 청신악의 경우를 생각하면, 이 세상에는 객관적인 수명도 없으니, 평생이 아니라 영원히 떠다닐 수도 있다.

아니겠지, 아니겠지. 속으로 생각하면 생각할수록 걱정은 마음속에서 점차 커져만 갔다.

그 공포심은 날카로운 비수나 목숨을 잃어버릴 만한 죽음의 위기가 주는 공포와는 사뭇 다른 수준의 것이었다.

마치 어릴 적, 지옥에 관한 설명을 들으며 느꼈던 것과 같았다.

단지, 지옥이라는 것이 시체에게 물건처럼 들려 영원히 이곳저곳을 방황하는 것일 줄 꿈에도 몰랐을 뿐이다.

피월려는 자기만의 생각에 갇혀 점차 머릿속이 피폐해져 갔다.

변화하지 않는 환경에 노출된 인간이 급격하게 광인으로 변하는 것과 비슷했다.

그는 내적인 공포에 사로잡혀 아무런 사고조차 하지 못했다.

그 때문인지 시체들이 갑자기 걸음을 멈추고 그를 땅에

내려놓았을 때, 피월려가 느낀 안도감은 이루 말할 수 없었다.

죽음의 위기에서 벗어날 때 얻는 그 짜릿한 안도감보다 배는 큰 감정이 피월려의 얼굴에 꽃을 피웠다.

어느새 그의 앞에 선 노란 머리의 괴물이 짧은 감상평을 말했다.

"가관이군."

노란 머리의 괴물은 인간의 형상을 하고 있었지만, 인간보다는 훨씬 가냘픈 팔과 다리를 가지고 있었고 두 배는 커 보이는 귀와 눈을 가지고 있었다.

그 눈은 바다와 같은 푸른빛으로 빛나고 있었고, 피부는 흰색 바탕에 붉은빛이 난다고 표현해도 좋을 정도로 옅은 적색이었다.

그리고 왼손에는 뱀의 것으로 보이는 뼈다귀를 쥐고 있었는데, 그 뼈의 고개가 마치 살아 있는 것처럼 이리저리 두리번거리고 있었다.

그 크기는 보통 뱀보다 더욱 컸으며, 굵기 또한 사람의 척추만큼이나 컸다.

괴물의 외형은 시체와 어울리지 않았지만, 시체들이 풍기는 그 냄새보다 더욱 지독한 냄새가 그 몸에 찌들어 있었다. 피월려는 그 괴물이 이 시체들의 주인인 것을 본능적으로 알 수 있었다.

그가 물었다.

"누구십니까?"

괴물은 생각보다 매우 쉽게 대답했다.

"미내로다."

괴물은 사라지고 미내로가 되었다.

뱀 뼈는 사라지고 지팡이가 되었다.

"아… 이제 보입니다. 그런데 뭔가 굉장하군요."

피월려는 미내로로 변한 괴물에게서 시선을 거둘 수 없었다.

현실에서도 미내로는 훤칠한 키와 건장한 체격 때문에, 뒤에서 본다면 노인이라 생각하기 어려웠다. 그런데 그 주름이 모두 사라져 깔끔한 피부를 가지게 되자, 젊었을 적의 아름다운 모습이 그대로 보였다.

그러나 피월려가 놀란 것은 미모 때문만이 아니었다. 미내로는 마치 진한 핏물을 먹인 듯한 붉은색의 뼈로 온몸을 치장한 듯했는데, 날카로운 송곳니가 톱니바퀴처럼 솟아난 팔찌와 발찌, 그리고 머리 위에 쓴 뿔 달린 소의 해골이 가장 인상 깊었다.

미내로는 눈살을 찌푸리며 물었다.

"네놈은 누구냐? 피월려냐?"

이 세상에서는 이름을 말하지 않는 한 서로의 모습을 제대로 확인할 수 없다.

피월려는 이 사실을 깨닫고는 대답했다.

"예. 맞습니다. 피월려입니다."

미내로는 눈을 가늘게 뜨며, 그를 노려보았다.

"흠… 정상은 아니라고 생각했지만, 이 정도일 줄 몰랐구나. 마법사인 나보다도 더 외형이 화려하다니……"

"감사합니다."

"칭찬이 아니다."

"아, 네."

피월려는 다소 어색해진 분위기 때문에 자기도 모르게 헛기침을 했다.

하지만 미내로는 그런 분위기 따위는 전혀 신경 쓰지 않은 채 계속 대화를 이어나갔다.

"생각보다 시간이 꽤 지체되었구나. 어디서 무엇을 했기에, 지금까지 내 눈을 피할 수 있었던 것이냐?"

"예?"

"한곳에 계속 앉아 있었다면 모를까, 이곳에 처음 들어온 네가 가만히 있었을 리 만무하지. 필시 이곳저곳 움직였을 텐데, 어떻게 내가 뿌려둔 시체들의 눈을 피했느냐 말이다."

"글쎄요. 제가 무언가 일부러 피한 적은 없습니다만. 아! 혹시 검은 웅덩이를 말씀하시는 것입니까?"

"검은 웅덩이?"

"예. 제가 일부러 피해 다닌 것은 그것밖에 없습니다."

"아닐 것이다. 내가 숨긴 것을 네놈 따위의 눈으로 볼 수 있을 리가 없지. 내가 지금 묻는 이유는, 잠복하는 내 시체들이 네놈의 눈으로 보일 리가 없는데 어떻게 보고 피해 다녔느냐는 것이다."

피월려는 고민하듯, 한 손을 들어 입술을 매만졌다.

"그러니까. 그 검은 웅덩이는 제가 본 것이 아닙니다. 다른 이가 볼 수 있었고, 제게 위치를 알려주어 제가 피할 수 있었던 것입니다."

"그래? 그래서 완전히 인지하는 데 시간이 걸렸군. 그렇다면 그자에게는 잠복하던 내 시체가 검은 웅덩이로 보였을 수도 있겠구나. 그렇다면 그자는 누구냐? 그것을 검은 웅덩이로 볼 수 있을 정도라면 필시 이곳에서 오랜 세월을 보내며 환경과 쌓은 유대감이 상당한 자일 텐데."

"청신악이라 했습니다. 혹시 그가 어떻게 되었는지는 아십니까? 저와 함께 있었습니다만."

미내로는 고개를 저었다.

"나는 시체를 다루는 자이지, 생명을 다루는 자가 아니다. 시체는 내 명령을 받들 뿐, 사고하지 않는다. 내가 내린 명령은 내 시체를 깨운 자를 잡아다가 이곳에 데려오라는 것이었다. 만약 그자가 자기가 본 검은 웅덩이를 수상하게 여겨 한 번이라도 밟지 않았다면 내 시체들은 그자를 인지하지 못했을 것이다. 네놈과 같이 있었다면 가까이 있었다는 뜻인데, 이곳으로 돌아오는 시체가 느껴지지 않는 것을 보면, 내 시체들은 그자를 인지하지 못한 듯싶구나."

"그렇습니까?"

피월려의 얼굴에서 아쉬움이 묻어나자 미내로는 호기심이 들었다.

"어떻게 아는 자냐?"

"참회동의 선배라고 하면 될까요? 하여간 같이 밖에 나가기로 했었습니다만."

"밖으로 나가? 그자가 밖으로 나가는 길을 알고 있었다는 말이냐?"

"예. 제가 이곳에 들어온 지 별로 되지 않았기 때문에, 저를 통해서 출구를 찾을 수 있다 했습니다."

"범인치고는 대단하군."

미내로가 말한 범인은 비무림인(非武林人)을 말하는 것이 아니라 비좌도인(非左道人)을 말하는 것이었다. 그녀는 시선을 돌려 땅을 쳐다보며 다시 말을 이었다.

"그자는 자기가 이곳에 얼마나 있었다고 했느냐?"

"알지 못할 정도로 오래 있었다고 했습니다. 현실세계에서의 시간대를 비교해 보니 족히 천삼백 년 동안 있던 듯합니다."

미내로는 미간을 가늘게 모았다.

"이상하군. 천삼백 년이면 밖으로 나갈 수 없을 만큼이나 이곳에 동화되었을 텐데."

"밖으로 나가야 하는 간절한 사연이 있는 듯싶었습니다."

미내로는 고개와 손, 둘 다 저어가며 부정했다.

"아니, 내 말은 그 뜻이 아니다. 천삼백 년이나 이곳에 있다면 이미 그것은 인간이 아니야. 인간에 근본을 두는 '어떤 것'이지. 그자의 외형은 인간이었느냐?"

"그렇습니다."

"그자의 목소리를 먼저 들었느냐, 아니면 외형을 먼저 보았느냐."

"글쎄요. 목소리를 먼저 들었던 것 같습니다만."

"그렇다면 그자는 인간이 아닐 확률이 높다."

"왜 그렇습니까?"

"이 세계에 익숙하지 않은 네놈은 일단 인간의 목소리를 듣는 순간, 무의식적으로 그것을 말한 것이 인간이라고 생각하게 되지. 그러니 그것을 인간으로 보게 되는 것이다. 아마도 인간일 적의 모습으로 말이다."

그러고 보면 청신악도 비슷한 말을 했었다. 땅을 딱딱하게 느끼는 이유는 내가 땅이 딱딱할 것이라는 믿음이 있어, 그 위를 아무런 걱정 없이 걷기 때문이라는 것이다.

그 논리에 입각하여 생각하면, 청신악이 인간이라는 믿음이 먼저 생긴 뒤에 그를 보았다면 그를 인간으로 착각하는 것도 불가능하지만은 않다.

그러나 머리로는 이해가 가도 마음으로는 이해되질 않는다.

피월려는 경악한 표정을 지었다.

"정말입니까? 저도 모르게 먼저 인간이라고 생각했기 때문에, 청신악을 인간으로 봤다는 것입니까?"

"그 청신악이라는 자가, 인간을 근본으로 두고 있다면 충분히 가능한 일이다. 그런 것들이 자주 써먹는 흔한 수법이니까."

"……."

"문제는 그것이 네놈과 같이 밖에 나가고 싶어 했다는 점이다. 이유가 무엇이 되든 간에, 그런 욕구를 아직도 지니고 있다는 것 자체가 일단 이상하구나. 혹은, 네놈과 같이 나가는 것이 목적일 수도 있고."

"저와 함께 나가는 것이 목적이라는 말은 무슨 뜻입니까?"

"말 그대로의 의미다. '나가는 것'이 목적이 아니라 '피월려와 같이 나가는 것이 목적일 수도 있다는 뜻이지. 그 둘의 의미는 마법적으로 볼 때 엄청난 차이가 있으니까. 그런 표정을 지어도 소용없다. 좌도를 모르는 네게 자세하게 설명해 줄 시간은 없어. 한 가지 확실한 건 네게서 자유를 인정받게 된다는 점인데, 그렇다면 그것은 현재는 네게 구속된 것이라는 뜻이고, 그런 점에서 생각해 보면……."

미내로의 목소리는 점차 작아져 들리지 않을 정도가 되었다.

홀로 중얼거리며 한동안 깊은 생각에 빠진 그녀는 갑자기 혀를 차며 다시 말을 이었다.

"됐다. 뭐, 내가 신경 쓸 일은 아니지. 일단 네놈이 여기 왔으니까, 계획대로 움직여야겠다."

"계획? 무슨 계획을 말씀하시는 겁니까?"

미내로는 몸을 돌리다 말고 그를 물끄러미 바라봤다.

"뭐긴 뭐야. 교주가 널 이곳으로 보낸 계획을 말하는 것이지."

"예?"

"교주가 심심해서 널 참회동에 보낸 줄 아느냐?"

"……"

"뭐, 그렇다고 해도 이상할 게 없는 여자이지만. 하여간 얼른 움직여라."

미내로가 앞장서 걸었지만, 피월려의 다리는 선뜻 움직이지 않았다.

"그 말뜻은, 교주께서 이 모든 것을 의도하신 것이란 겁니까?"

피월려의 목소리에는 미내로 정도의 연륜이 아니면 간파하기 어려울 정도로 미약한 불만이 담겨 있었다. 미내로는 걸음을 멈추고 등을 돌렸다.

"그래서 화가 났느냐?"

"그건 아닙니다만……."

"아니긴 뭐가 아니야. 불만이 느껴지던 목소리던데."

"제 목소리가 그랬습니까?"

"젊은 것들이란. 쯧쯧쯧."

미내로는 혀를 차며 다시 걸음을 재촉했다.

피월려는 자기 자신을 삼인칭으로 보는 묘한 기분을 느끼다가, 이내 곧 미내로를 따라 걷기 시작했다. 아마 바로 따라 걷지 않는다면, 그것마저도 뭐라고 할 것이 분명했기 때문이다.

피월려는 그녀를 따라 걸으며 물었다.

"교주께서 의도하신 것이 무엇입니까?"

미내로는 그를 돌아보지도 않으며 대답했다.

"임무지, 무엇이겠느냐?"

"교주께서 제게 임무를 내리셨다는 말입니까?"

"정확하게는 내게 내린 것이다. 너는 나를 돕기 위한 좋은 방편이고."

"그렇다면, 제가 여기서 해야 할 일이 있군요."

"여기가 아니라 나가서다."

"나가서라니요?"

미내로는 갑자기 멈춰 서서, 피월려를 마주 보며 차가운 눈길로 쏘아보았다.

"잠깐! 이게 뭐지?"

"네?"

"흠, 골치 아프군. 이건 또 무슨……."

멋대로 중얼거리는 미내로의 시선은 피월려를 향하고 있었지만, 초점은 묘하게 흐렸다. 피월려는 걱정스러운 목소리로 물었다.

"저, 미내로 대주님?"

"왜?"

대답은 확실히 피월려를 향하고 있었다. 그러나 미내로의 시점은 여전히 피월려가 아닌 다른 것을 보는 듯했다.

"저기. 무슨 일입니까?"

"뭐가?"

"괜찮으십니까? 어디 편찮으십니까?"

"아마 밖에 무슨 이상이 생긴 것 같은데… 네놈은 그만 좀 질문해라! 네놈이야 걷는 것 말고는 할 게 없겠지만, 지금 나는 엄청난 양의 주문을 읊고 있어야 한단 말이다."

갑자기 버럭 소리를 지르는 탓에 피월려는 어안이 벙벙했다.

"아니, 무슨 일이시기에……."

"아, 글쎄, 말귀를 못 알아 쳐듣는군. 내 말은 좀 닥치고 있으라는 뜻이다, 알았느냐?"

미내로는 신경질을 부리더니 휙 돌아섰다.

이렇게 대놓고 무례한 언사를 듣는 것은 피월려에겐 참으로 오랜만이었다. 낭인 시절, 기방이나 거리에서는 자주 듣던 그런 어법이 지금 여기서는 왜 이리도 낯설게 느껴지는지 몰랐다.

피월려는 고개를 살짝 끄덕였지만, 미내로는 그것조차 관심을 두지 않고 다시 제 갈 길만 가기 시작했다. 참으로 기이한 행동이 아닐 수 없었지만, 하도 이상한 것을 자주 봐서 그런지 이 정도는 아무렇지도 않게 느껴졌다.

미내로는 걷는 중에 갑자기 간질에 걸린 것처럼 고개를 뻐꾸기처럼 까딱거리기도 했고 지팡이를 만지작거리며 중얼거리기도 했다.

상황을 모르는 피월려로서는 심히 걱정이 되지 않을 수 없었다. 하지만 뭐라고 묻는 것조차 거부하니, 어쩔 수 없이 미내로가 먼저 말을 꺼내기를 기다릴 수밖에 없었다.

간만에 입을 연 미내로의 목소리에는 짜증이 가득했다.

"무슨 짓을 했기에, 주술을 이리도 자극한 것이냐?"

"주술이라 함은 무엇을 말씀하시는 것입니까?"

"귀찮게, 일일이 설명해야 하느냐? 참회동에 걸린 주술 말이
다. 마를 정제하는 거."

"그런 주술에 걸린 적은 없었습니다만?"

"네 몸이 참회동에 들어왔을 때 이미 걸렸지. 내 말은, 이곳
에서 그 주술과 교류한 적이 있느냐는 말이다."

"하지만, 주술과 어떻게 교류한다는 말입니까?"

미내로는 양손을 들어 머리를 박박 긁어댔다.

"답답하구나! 네놈같이 답답한 놈을 보면 생각나는 제자
놈이 있지. 잘 들어라. 여기서는 주술과 같이 어떤 의지를 품
은 것은 모두 다 교류할 수 있는 대상이 된다. 그 주술조차
하나의 살아 있는 환경으로 나타나지. 네가 홀로 있었을 때
에, 네놈에게 적대심을 품은 어떤 것이 없었느냐?"

이곳에서 피월려를 적대했던 것은 단 하나밖에 없었다. 피
월려는 설마하는 표정을 지으며 물었다.

"혹시 불상을 이야기하시는 겁니까?"

"불상? 불상이라… 아마 그것이겠구나."

"그러나 그건 주술이 아닙니다. 청신악은 그것이 소림파의

의지가 뭉쳐져 만들어진 것이라 했습니다만."

"클클클… 그래? 청신악이라는 놈이 그리 말하더냐?"

"예."

"뭐, 그도 틀린 말은 아니긴 하군. 그 불상은 지금 네가 너무 자극한 나머지, 네놈을 찾아서 성난 황소처럼 이곳저곳을 방방 뛰어다니는 듯하다. 네놈을 죽이지 않으면 절대로 멈출 것 같지가 않아. 그 때문에 생각보다 매우 귀찮아졌다. 일단 좀 내 시체로 억제해 놨지만, 언제 터질지 모른다."

"그렇습니까? 그럼 어떻게 합니까?"

"시간이 조금 지체되더라도 지금 나가는 것은 너무 위험하다. 일단 내 거처에 머물면서 다른 쪽으로 유인해야겠어. 계획 변경이다. 일단 내 영역으로 가자."

피월려는 미내로가 좌도를 극성으로 익힌 좌도인이기 때문에, 이런 신비한 세계에 대한 이해도가 높을 것이라 예상했다. 그러나 그녀가 이곳에 자기의 영역이 있을 정도로 깊게 관여하고 있으리라고는 생각하지 못했다.

"이곳에 미내로 대주님의 거처가 있습니까?"

"당연하지. 마법사가 아스트랄(Astral)에 영역 하나 없어서 되겠느냐? 마법사가 거처를 정할 때는 현실과 아스트랄을 통틀어서 정하는 법이니라."

미내로는 말을 할 때 듣는 사람의 입장을 별로 고려하는 성격이 아니었다. 지극히 자기중심적인 이야기에, 피월려는 무슨 소린지 전혀 알아들을 수 없어서 대충 어물쩍하게 넘어갔다.

"아, 그렇습니까?"

"그렇다! 마나(Mana)의 힘은 현실에 현존하지만, 이 아스트랄에도……."

미내로는 입으로 술술 내뱉듯, 온갖 마법에 관한 이론을 자세하게 설명하기 시작했다.

피월려는 뭐라고 묻지도 않았지만, 미내로는 마치 그가 제자라도 된 듯이 긴 언변을 끝없이 쏟아냈다. 평범한 노인이 누가 묻지도 않았는데 자기의 인생에 대해서 읊어대는 것과 비슷했다.

평생의 모든 시간을 마법에 투자했으니, 인생 대신에 마법 이론이 들어간 것뿐이었다. 아무리 여기에서 외형이 젊게 보인다고 해도, 그 속이 늙은 노인인 것을 숨길 수 없는 듯했다.

한편으로는 웃기기도 하고, 한편으로는 안타깝기도 한 피월려는 미내로의 말을 그저 노인네의 웅얼거림에 대꾸해 주는 정도로 대했다.

이해하기 어려운 미내로의 가르침보다는 점진적으로 변하는 환경에 좀 더 관심이 갔기 때문이다.

피월려가 미내로를 따라 걸어 미내로의 거처로 가는 도중에 명암 없이 단색으로 이뤄졌던 세상은 점차 빛깔을 되찾은 현실로 변해갔다.

온 세상에 작은 초록빛이, 새싹이 돋아나듯 땅에서 기어 나와 조금씩 꾸물꾸물하더니 곧 생동감이 물씬 풍기는 울창한 숲으로 변했다.

물론 여전히 전체적인 모습에서 말로 설명할 수 없는 어색함이 곳곳에 숨어 있었지만, 이대로 현실로 나가 버릴 것만 같은 기분이 들 정도로 이계답지 않은 모습이었다.

피월려는 마음도 청결해지고, 몸도 씻겨 내리는 듯한 기분이 절로 들었다.

숲의 분위기는 사람을 차분하게 만들어, 극단으로 치우쳐 힘을 얻는 마공을 익힌 마인에게는 내력을 활성화하는 데 있어 방해가 될 수 있었다. 그러나 그만큼 몸의 안정성을 되찾아주기 때문에 휴식 차원에서 이야기한다면 마인에게도 전혀 나쁠 것이 없었다.

미내로의 강연도 어느 선에서 끝이 나고, 그렇게 둘이 한동안 말없이 걷자, 피월려는 불편한 침묵을 깼다.

"좋은 숲이군요. 어르신의 영역이 숲이라니 의외입니다."

"왜? 뭐라고 생각하였느냐?"

"시체를 다루시는 분이니, 무덤 정도로 생각했습니다

만……."

"클클클. 그럴 줄 알았다."

누구라도 그렇게 예상할 것이다.

피월려는 다시 한번 좌도를 이해하는 데 있어, 어떤 벽을 실감했다.

"좌도에서는 그런 것이 전혀 상관없어 보입니다."

"상관이야 있지. 아마 내 영역이 무덤이었다면, 내 마력이 더 강해졌을 것이야."

"그렇습니까? 그러면 왜 무덤으로 만드시지 않고 숲으로 만드셨습니까?"

"이 공간은 내 스승이 내게 물려준 것이다."

뜻밖의 대답에 피월려는 놀라며 되물었다.

"아, 스승님이 계셨습니까?"

"클클클. 그럼 없었겠느냐?"

"물론 있으셨겠지요. 그냥… 뭔가 이상하군요. 미내로 대주님 같은 극강의 고수들도 한때는 누군가의 가르침을 받는 제자였다는 것이 실감이 나지 않을 뿐입니다."

피월려는 순간 스승님 생각이 머리에 스쳤다. 스승님도, 그리고 서화능도, 한때는 그와 같은 젊은 나이였고, 또한 그 위로 스승님이 계셨을 것을 상상하니 온몸에 닭살이 돋는 듯했다.

미내로는 웃으며 말했다.

"재밌는 말을 하는구나! 클클클. 물론 나도 스승님이 있었지. 지금에 와서 생각해 보면, 참 별 볼 일도 없는 수준이면서, 제자 하나 키우겠다고 아주 애를 먹었던 어리석은 사람이었다. 자기 재능의 한계에 다다라서 그런지, 나에게 그리 매달려 마법을 가르쳤었다. 이 공간도 평생 동안 심혈을 기울여 만들어주신 건데, 얼마나 엉성하고 엉망인지 내가 몇 번이고 뜯어고쳤지."

"하하하. 말씀을 그리하셔도 스승님께서 주신 이 공간을 계속 숲의 모형으로 유지하고 계신 것을 보면, 스승님을 존경하시는 것이 분명합니다."

미내로는 콧방귀를 뀌었다.

"괜한 소리 하지 마라. 마법은 진한 향수와 같은 것이야. 한 번 묻으면 아무리 지워도 그 냄새가 절대로 지워지지 않지. 스승님이 하사하신 이 낡아빠진 지팡이를 아직도 못 바꾸고 있지. 견습일 때부터 사용하던 거라 이것에 너무 익숙해졌어. 내가 이런 저급 지팡이만 아니면 벌써… 하아, 됐다. 어린놈 앞에서 무슨 늙은이의 추태를 보이겠다고 내가……."

"하하. 아닙니다."

피월려는 밝게 웃으며 손사래를 쳤고, 미내로는 그걸 흘겨보다가 표정을 풀며 고개를 정면으로 돌렸다.

미내로가 말했다.

"린 아에게 들었다. 무형검을 고집한다면서?"

피월려는 갑작스러운 질문에 당황했지만, 일단 고개를 끄덕이며 대답했다.

"아, 네. 그렇습니다."

"그건 왜 그런 것이냐? 그냥 검공을 익힌다면 빠르게 성장할 수 있을 텐데 말이다."

"그거야, 무형검은 제 스승님께서… 아, 하하하."

피월려는 이제야 이해가 간다는 듯이 박수를 한 번 쳤고, 미내로는 슬쩍 물었다.

"이해가 되느냐?"

미내로가 이 공간의 모습과 지팡이를 고집하는 이유는 피월려가 무형검을 고집하는 것과 같았다.

피월려는 고개를 수번이나 끄덕거렸다.

"아, 네. 됩니다."

"클클클. 하물며 무공의 가르침이 그런 법이거늘, 마법의 가르침은 더하면 더했지, 덜하지는 않다. 마법이란 오묘해서 자연을 다루는 자가 시체를 나루는 자를 가르치기도 하고, 시체를 다루는 자가 인형을 다루는 자를 가르치기도 한다. 마법의 특색은 결국 본인의 개성이 결정짓는 것이고, 마법의 중심은 어떤 특색을 띠고 있다 할지라도 같으니까. 심지어 나는

불을 다루는 자 아래에서 물을 다루는 자가 나오는 경우도
봤지."

피월려는 미내로의 말에 의문이 들었다.

무림인으로 치면 검객이 궁사를 가르치고 도객이 권사를
가르치는 꼴 아닌가?

그가 물었다.

"불을 다루는 좌도와 물을 다루는 좌도가 어떻게 같을 수
있습니까? 그건 마치 장풍을 쏘는 자가 검객을 가르치는 것과
같지 않습니까?"

"정말로 그것이 불가능하다고 생각하느냐?"

"아닙니까?"

"나야 무공은 모르지. 하지만, 마법은 가능하다."

"……"

"바로 전에 내가 한창 설명할 때 뭘 들은 것이냐? 그 말을
모두 경청하였다면, 지금처럼 멍청하게 되묻지는 않았을 터인
데."

"그, 그렇습니까? 제가 부족하여 태반을 이해하지 못했습니
다만."

사실 애초에 제대로 듣지도 않았다.

그 진실을 알 리 없는 미내로는 마치 피월려가 모두 들었지
만 이해하지 못했다고 생각했을 뿐이었다.

미내로는 혀를 차며 딱하다는 듯이 그를 위아래로 훑어보았지만, 피월려는 굳이 그 생각을 고쳐주고 싶은 마음이 없었다.

그 이후, 반각도 채 흐르지 않아서 그들은 한 거대한 나무에 도착했다.

그 나무는 전체적인 모습을 한눈에 파악하기도 어려울 정도로 거대한 크기를 자랑했는데, 울창한 나무들의 나뭇잎으로 만들어진 숲의 천장을 한참 뚫고도 모자라 하늘까지 닿을 듯했다.

그리고 그 거대함을 지탱하는 줄기는 이루 말할 수 없이 넓었다.

적어도 스무 명은 되는 사람이 손에 손을 잡고 둘러앉을 수 있을 정도였다. 그리고 땅에 파고든 뿌리는 그 한 뿌리, 한 뿌리가 사람의 몸과 같은 굵기를 가지고 있었는데, 울퉁불퉁하게 땅 위로 튀어나온 부분은 마치 거대한 바위가 박혀 있는 것처럼 보였다.

"다 왔다."

피월려는 미내로의 말을 듣고서야 그 장관에서 눈을 뗄 수 있었다.

"혹시 저 나무가 거처이십니까?"

"정확하게는 저 나무 아래지."

나무 아래 뭔가 특별한 것이 있는지 미내로는 자신 있게 말하고는 뚜벅뚜벅 앞장서 걸어갔다. 피월려도 이내 그녀를 따라 걸었다.

쿠쿠쿵!

땅이 갑자기 흔들리며 큰 소리를 냈다.

피월려는 중심을 잡으려고 양손을 뻗고 허둥댔지만, 미내로는 매우 익숙하다는 듯이 흔들리는 바닥의 흐름에 맞춰 앞으로 걸어나갔다.

속도를 그대로 유지하는 그녀의 걸음걸이에는 노련함이 엿보였다.

피월려가 막 중심을 잡고 걸음을 내딛으려는 찰나, 갑자기 미내로의 앞에 동굴같이 생긴 거대한 것이 솟아올랐다. 그것이 모습을 완전히 드러내자, 땅의 진동과 소음이 거짓말처럼 사라져 버렸다.

피월려는 걸음을 재촉하여, 미내로 옆에 서서 동굴을 자세히 관찰했다.

그 동굴은 평범한 동굴과 몇 가지 다른 점이 있었는데, 돌과 흙으로 만들어진 것이 아니라 굵은 나무뿌리로 만들어져 있다는 점과, 입구에 사람의 손길이 느껴지는 나무문을 달아 놓았다는 점이었다.

나무문의 중앙에는 등잔처럼 보이는 것이 매달려 그 앞을 훤히 비추고 있기까지 했다.

미내로는 손잡이를 붙잡고 그 나무문을 열었다.

끼이익.

오래된 경첩에서나 날 만한 소리가 났다.

피월려가 보니, 그 안쪽은 마치 땅속으로 들어가는 비밀 통로처럼 생겼고 일정한 간격으로 놓인 등불이 길을 밝혀주고 있었다.

그러나 무엇이 튀어나올지 감이 잡히지 않는 터라 피월려는 선뜻 발걸음을 떼놓기 어려웠다.

"왜 그러느냐?"

미내로는 뒤로 따라 들어오지 않고 밖에 가만히 서 있는 피월려를 보며 물었다. 피월려는 머리를 긁적이며 발을 움직였다.

"아닙니다."

"무서웠냐? 클클클."

"그냥 경계했을 뿐입니다."

"솔직하군. 여기서는 아무것도 걱정할 것 없다. 공간의 주인인 나와 함께하니, 이 공간에 존재하는 어떠한 것도 너를 공격할 수 없느니라."

"그거 듣던 중 반가운 소리군요."

"클클클."

피월려는 대화하는 와중에도 땅을 수시로 내려다보며 발걸음 하나하나를 신중하게 내디뎠다.

군데군데 등불이 있다 하나, 훤히 밝혀줄 만큼 충분한 빛을 공급하진 못했고 경사가 낮은 비탈길을 내려간다고는 하나, 울퉁불퉁한 나무뿌리로 된 바닥은 자꾸만 보폭을 흩뜨려 놓았기 때문이다.

뚜벅뚜벅.

퀴퀴한 나무 냄새와 진한 흙 냄새가 코에 익을 정도의 시간이 지나자, 피월려는 작은 동공과 같은 곳에 도착했다.

전체적인 크기는 그의 방만큼 컸는데, 나무뿌리로 사방팔방이 막혀 있었다.

마치 거대한 나무뿌리를 파고 안으로 들어와 그 중간에 만들어놓은 것 같았다.

그리고 여기저기 간단한 가구들이 눈에 보였다. 그 위로나 옆으로는 중원에서 찾아볼 수 없는 이상한 모양의 장식품이 꽤 아름답게 전시되어 있었다.

피월려는 이곳을 처음 와보지만, 처음 오는 것 같은 느낌이 들지 않았다.

그는 곧 답을 찾을 수 있었다.

"여긴 묘장 아닙니까? 묘장에 있는 어르신의 집 말입니다."

미내로는 지팡이를 한쪽에 내려놓고 방 중앙에 있는 의자로 걸어가며 대답했다.

"오호라? 눈치챘느냐?"

"그곳에 동물의 시체가 많이 있어서, 언뜻 보면 별로 비슷하게 보이지 않을지 모르지만, 이곳은 그 묘장의 나무집에서 동물의 시체를 뺀 것과 매우 흡사한 모습입니다."

미내로는 다리를 꼬고 앉아, 옆에 놓은 곰방대를 익숙한 손길로 집어 들었다.

그리고 손을 들고 그윽하게 쳐다보자, 곧 손바닥에 작은 불꽃이 피어올랐다.

미내로는 마법으로 일으킨 그 불을 가지고 곰방대에 불을 붙였다.

"흡사하다? 좀 더 자세히 보아라."

드르륵! 득득!

미내로의 숨결에 의해서 구름과 같은 연기가 피어올랐다. 그리고 그 연기가 천장에 닿자, 그 천장이 그 연기를 쏙 흡수하며 마치 뱀처럼 꿈틀거렸다.

마치 미내로가 담배를 피우는 것에 대해서 큰 불쾌감을 표현하는 듯했다.

하지만, 미내로는 눈 하나 깜짝이지 않으며 계속해서 연기를 만들어냈고, 천장은 그 연기를 계속해서 빨아들이며 그때마다 기묘한 소리를 내었다.

집처럼 밀폐된 아늑한 공간이지만, 연기가 쌓일 걱정 없이 담배를 피울 수 있으니 편리하기 그지없었다.

피월려는 작은 미소로 반응을 대신하고는, 좀 더 집 안을 둘러보았다.

그렇게 하나하나 기억과 대조해 보았더니, 미내로가 하고 싶은 말이 무엇인지 깨달을 수 있었다.

"흡사한 정도가 아니라… 같군요."

"그냥 같은 것도 아니다. 완전히 같지."

"미내로 어르신께서 이렇게 꾸미신 겁니까? 일일이 머릿속으로 그림을 그리며 만드신 거라면, 처음에 꽤 힘드셨겠습니다."

"이건 마법에 의한 영향으로 이렇게 된 것이다. 두 공간을 시공간에 밀집시켜 차원을 중첩한 것이지. 현실의 집에서 무슨 일이 일어나면, 여기서도 그대로 일어나고, 여기서 무슨 일이 일어나면 현실의 집에서도 그 일이 일어나는 것이다. 이 가구들과 장식품도 그 마법의 영향을 받아 저절로 같은 곳에 있게 된 것이지. 내가 놓은 것이 아니야."

"……."

"참고로 이건 나에게만 해당되는 말이다. 나는 양쪽에 동시에 존재하고 있다. 집 문을 열고 들어와서 앉아 있는 것과 다름이 없어. 누군가 묘장에 들어오면 내가 담배를 피고 있는

모습을 보게 되겠지. 하지만 너와는 교류하지 못할 것이다. 그
들에게 너는 인식되지 않는 존재로 여겨지게 될 거야."

"아, 그렇군요."

피월려는 흥미를 느끼면서, 미내로에게 다가왔다. 그녀의 앞
에 앉아 좀 더 대화를 나누고 싶었기 때문이다.

그는 미내로의 앞 의자에 떡하니 자리 잡은 한 인형을 옆
으로 옮기려 집어 들었다.

그런데 그 인형은 의자에 딱 붙어 아무리 힘을 주어도 떨어
지지 않았다.

"어엇?"

피월려는 그의 힘을 상쇄하는 반발력이 상상 외로 큰 것을
느낄 수 있었다.

피월려의 근력은 은연중에 마공의 위력을 조금이나마 내포
하게 된다.

극양혈마공이 무단전이기 때문에 그 내력이 온몸에 골고
루 퍼져 있기 때문이다. 그런데 인형은 그 힘까지도 견딘 것
이다.

이것은 단순히 인형이 의자에 붙어 있다는 것으로 설명할
수 없었다.

만약 그랬다면 의자가 부서지더라도 피월려의 손아귀에 이
끌려와야 하기 때문이다.

인형은 의자에 붙어 있는 것이 아니라 마치 그 공간 자체에 붙어 있는 듯했다.

"함부로 만지지 마라. 뭐 만져도 실질적으로 영향을 받지는 않겠지만, 그래도 기분이 있으니까. 이쪽, 왼쪽으로 와서 앉아라."

피월려는 인형 하나 때문에 다른 곳으로 자리를 바꿔야 한다는 사실이 기가 막혔지만, 그래도 군말하지 않고 미내로의 말을 따랐다. 이곳은 미내로의 거처이고 미내로의 공간이기 때문이었다.

"저 인형은 무엇입니까?"

인형의 키는 손끝에서 팔꿈치까지 오는 정도였고 모습은 보편적인 여자아이를 연상시켰다.

특별히 눈에 띄는 점은 없었는데, 하나가 있다면 입고 있는 옷이 어린아이의 것과 같지 않고, 기생이나 창녀의 것처럼 노출이 심한 점뿐이었다.

미내로가 말했다.

"인형이 아니라 사람이다. 현실의 묘장에 존재하는 누군가가 이쪽의 세계에 존재감을 발산하고 있는 것이지. 바로 린 아다."

피월려는 조금 격양된 목소리로 물었다.

"린 아라 하심은… 린 매를 말씀하시는 겁니까?"

"그렇다."

피월려는 고개를 홱 돌려 인형을 노려보았다. 인형은 전과 하나도 다를 것이 없는 모습으로 가만히 앞을 응시하고 있었다.

그때, 갑자기 피월려의 미간이 꿈틀거렸다.

"눈동자가 움직이는군요."

그 인형은 어느새 피월려를 바라보고 있었다. 피월려는 인형을 계속해서 마주 바라봤다.

미내로가 말했다.

"너를 보고 있는 것이다."

"린 매가 말입니까?"

"그래."

"설마 린 매도 이곳에 온 것은 아니겠지요?"

"내가 말했지 않느냐? 이곳은 현실과 연결되어 있다고. 나는 아직 린 아에게 아스트랄에 대해 가르친 적도 없다. 린 아는 지금 현실에 있어."

"그렇다면 어떻게 저를 볼 수 있습니까?"

"재능이 있는 자는 명상을 통해서 엿보는 것이 가능하지. 통찰안이나 예지안을 가진 사람들도 다 마찬가지다. 그들은 모두 환상을 본다고 생각하겠지만 실은 이쪽 세계를 엿보는 것이지. 린 아는 지금 아마 마법 수련을 하는 중일 것이다."

피월려는 엉거주춤한 자세로 의자에서 일어나 인형 앞에 쭈그려 앉고 얼굴을 가까이 가져갔다.

"혹시, 대화도 할 수 있습니까?"

"대화는 불가능하다. 지금 그녀는 무상무념의 상태에 빠져 있어. 네 얼굴을 보는 것도 무의식적으로 보는 것뿐이다. 마치 흐릿하기 짝이 없는 꿈을 꾸는 것과 같지."

"아… 그렇습니까?"

"왜, 하고 싶은 말이라도 있느냐?"

"그냥 걱정하지 말라고 해두고 싶군요."

"그럼 있다가 직접 전해라. 이제 하루도 채 지나지 않았거늘. 클클클."

"혹시 모르잖습니까? 제가 여기 갇혀서 천삼백 년 동안 있게 될지……."

탁!

미내로는 곰방대를 옆 가구에 치면서 속의 재를 털어내었다.

"내 이름을 걸고, 그럴 일은 없다."

"그렇다면 다행입니다."

피월려는 서서히 몸을 일으켜 원래 자리로 돌아갔다. 그러는 와중에도 그의 시선은 인형에 고정되어 있었다.

피월려는 한동안 인형에서 시선을 거두지 못하다가, 이내 고개를 돌려 미내로를 향했다.

"이곳에서 얼마나 더 기다려야 합니까?"

"마음이 급해졌구나. 별로 안 걸린다. 이곳은 내가 시간까지도 조정할 수 있으니까. 주문을 외울 일각 정도만 있으면 된다. 조급해하지 마라."

"흠… 그러면 아까 전에 잠깐 언급하다가 만, 그 시공간의 중첩에 대해서 설명해 주실 수 있으십니까?"

"설명이야 해주지. 그러나 네가 못 알아들어도 질문은 받지 않겠다."

"상관없습니다."

미내로는 곰방대를 내려놓고 제자리에서 기지개를 쭉 켰다.

"그런데 설명하기 전에… 네놈의 눈빛을 보아하니 꼭 알아내고 말겠다는 의지가 숨어 있구나. 이유는 무엇이냐?"

피월려는 순순히 속내를 꺼냈다.

"전에도 말씀드렸지만 제가 익히고 있는 심공을 발전시킬 수 있는 실마리를 얻기 위함입니다."

미내로는 뭔가 이해했다는 듯이 고개를 뒤로 젖혔다.

"아아… 그런 것이군. 언제는 제자라도 되고 싶은 것처럼 귀를 쫑긋 세우고, 언제는 귀만 열어놓고 정신을 닫아버려 도대체 마법에 관심이 있는 건지 없는 건지 통 알 수가 없었는데, 이제 보니까 마법 이론 중에 네 심공에 도움이 될 만한 주제가 나오면 경청하고 그렇지 않은 주제에 대해서는 관심을 꺼버린 것이군."

피월려는 은근히 양심에 가책을 느껴 고개를 숙였다.

"너무 일방적인 태도였습니다. 죄송합니다."

"아니다. 됐다."

"혹시 기분이 언짢으시다면, 설명해 주지 않으셔도 됩니다."

미내로는 한쪽 입꼬리만 올리며 비웃는 소리를 내었다.

"아주 속 좁은 늙은이 취급을 하는구나."

당황한 피월려는 눈을 동그랗게 떴다.

"아, 아닙니다. 그런 의도는 아니었습니다."

"클클클, 장난이다."

"……"

미내로는 얼굴에서 웃음을 거두며 의자에서 일어났다.

"차 한잔 마시겠느냐?"

피월려는 평소에도 차를 별로 입에 댄 적이 없었다.

"괜찮습니다."

"하긴, 젊은 남자한테는 차보다는 술이지. 하지만, 아쉽게도 여긴 술이 없다."

"정말로 괜찮습니다."

"그렇다면 뭐."

미내로는 곧 한 곳으로 걸어가 찻잔에 물을 담고, 그 위에 찻잎을 동동 띄워 가지고 왔다.

양손으로 그것을 붙든 미내로는 다시 원래 자리에 다리를 꼬고 앉았다. 피월려는 의문이 들었다. 차를 마시기 위해서는 차를 뜨겁게 데우는 것이 필요한데, 미내로는 찬물에 그대로 마시려고 했기 때문이다.

혹시 중원의 문화를 잘 모르는 것이 아닌가 하여 피월려가 물었다.

"어르신, 차는 데워야 하는……."

그는 갑자기 어느 순간부터 모락모락 김이 피어나는 찻잔을 보고 말을 멈출 수밖에 없었다. 미내로는 반쯤 감은 눈으로 피월려를 노려보았다.

"내가 손바닥으로 불을 만드는 것을 보지 못했느냐? 클클 클, 어리석기는."

"……."

미내로는 차를 입에 가져가 한 모금을 음미하더니 곧 다시 말을 꺼냈다.

"맛이 좋군. 그러면 슬슬 설명이나 해볼까? 일단 네가 궁금해하는 것이 무엇인지 자세히 알아야겠다."

피월려는 손을 턱으로 가져와 쓰다듬었다.

"저도 딱히 꼬집어서 이야기할 수 없습니다. 그저 어르신께서 하신 말씀 중 신경 쓰이는 부분이 있어, 실마리라도 찾을 수 있을까 하여 부탁하는 겁니다."

"시공간의 중첩 말이냐?"

"예. 정확하게는 시간의 중첩입니다만."

"그럼 공간에 관한 이야기는 빼도록 하마. 이제부터는 깊은 이야기가 될 터이니 잘 들어라. 깊은 주제인 만큼 네 질문을 받을 수 없음을 이해하고."

"알았습니다."

"자, 보자. 일단 마법적인 시각에서 바라보는 시간개념에 대해 말해봐야겠구나. 중원의 시간개념은 어떨지 모르겠지만, 아마 내 고향의 범인들이 생각하던 것과 비슷할 것 같구나."

미내로는 손가락을 들어 공중에 큰 원을 그렸다.

그러자 손가락 끝에서 황금빛이 흘러나오며 그 자리에 머물렀다. 마치 황금색의 먹물로 공중에 그림을 그리는 것과 같았다.

미내로는 황금색의 원을 열두 개로 나누고 말했다.

"자, 중원에서는 하루를 열두 시진으로 나눈다. 그리고 한 시진을 다경으로, 각으로 나누지. 내 고향에서도 마찬가지다. 그곳에서는 하루를 스물네 개로 나누고, 그것을 육십 개로 또 육십 개로 나눴지. 인간은 시간을 이해할 때 하루를 중심으로 두고, 그것을 곱하거나 나누며 시간의 잣대를 완성한다."

미내로는 차를 한 모금 머금으며 입을 적셨다.

"그것 때문에 필연적으로 발생하는 치명적인 오류가 있는데, 바로 시간을 숫자로 이해하게 된다는 점이다. 시간과 숫자는 그 근본이 완전히 다른 별개의 것인데, 인간은 시간을 바라볼 때, 숫자라는 빛을 이용하여 바라보게 되니 이 둘의 개념이 혼동되어 버리는 것이다. 애초에 숫자는 눈에 보이는 사물에서부터 출발한 개념인데, 하나의 흐름인 시간에 그것을 적용하려다 보니 인간 마음대로 기준점을 정하게 되고 또 그 기준점으로부터 논리가 뻗어나가니, 이는 마치 주춧돌을 모래로 때우고 그 위에 성을 짓는 것과 같은 것이다."

미내로는 황금 원의 안쪽에 촘촘한 선을 그어내려 가며 말을 이었다.

"쪼개고, 쪼개고, 또 쪼개고. 하나의 기준점을 무작위로 선택한 결과, 시간은 무한하게 쪼갤 수 있게 되었다. 하나와 둘의 경계가 확실한 수의 개념이 시간 때문에 오히려 흐려진 것이다. 기가 막히는 역설이지. 물론, 이것은 일상생활을 하는데는 전혀 상관없지만, 근본을 다루는 마법에서는 영향이 크다. 바른 의식을 갖추지 못하면 스펠(Spell) 자체가 성립이 안

되지. 많은 견습 마법사들이 시간에 관한 마법을 전혀 사용할 수 없는 이유가 바로 이것에 있다. 마나(Mana)도 충분하고 스펠도 달달 외웠지만, 그 근본을 보지 못하기에 마법이 실현되지 않지. 우습지도 않은 이야기다. 사람이 정해놓은 논리 때문에 진리가 온통 가려진 흔하디흔한 예 중 하나일 뿐이다."

피월려는 묻고 싶은 것이 많았지만, 미내로가 질문을 받지 않겠다고 먼저 말해놓은 상황에서 뭐라 질문할 수 없었다. 그는 침묵을 지키며 하나라도 놓칠세라 미내로의 말을 경청했다.

미내로는 말을 이었다.

"내가 지금 여기서 진실을 다시 되돌려 놓아주겠다. 네가 얻을 수 있다면 얻을 수 있을 것이고 얻을 수 없다면 어쩔 수 없지. 이제는 정말로 집중하는 것이 좋을 것이다. 자, 잘 보아라."

미내로는 손바닥을 펼쳐 공중을 마구 휘저었다.

그러자 원래 있던 황금 원이 먼지처럼 공중에 뿔뿔이 흩날렸다.

그녀는 손가락을 뻗어 직선 하나를 횡으로 그으며 황금색의 선을 공중에 남겼다. 그리고 일정한 간격으로 그 줄을 나눈 뒤에 오른쪽에서 왼쪽으로 숫자를 일부터 십까지 그렸다.

"자, 이것이 숫자를 선으로 표현한 것이다. 다행히 중원에도 분수의 개념이 있기 때문에, 네놈도 일과 이 사이에는 무수히 많은 숫자가 숨어 있다는 것을 알고 있겠지. 예를 들면 15할이나 12할같이 말이다. 푼, 리까지 합치면 더욱더 적어지고 적어질 것이다. 불교에서 말하는 무수히 작은 숫자까지. 자, 이것은 숫자의 개념이다. 그런데 사람들은 이것을 시간에 적용하고는 그것이 마치 시간의 개념인 것처럼 이해한다. 예를 들면, 한 시진이 있다면 반 시진이 있는 것이고, 반의 반 시진이 있는 것처럼 말이다. 하나와 반, 그리고 반의 반이라는 단어는 숫자에서 도용된 것이지, 시간 본연이 직접 가지고 있는 개념이 아니다."

피월려는 눈을 가늘게 뜨며 머리를 긁적였다. 뭔가 알 듯하면서도 모를 듯하다.

미내로는 그런 그의 모습을 보며 인심 쓴다는 듯이 거만한 표정을 지어 보였다.

"자, 쉽게 말하면, 인간은 숫자를 이용해서 시간을 이해해 버렸기 때문에 숫자의 개념을 시간의 개념인 것처럼 착각해 버린다는 것이다. 영원히 나뉠 수 있다는 것은 엄연히 숫자의 속성이지, 그것이 시간의 속성인지 누가 장담할 수 있다는 말이냐? 숫자로 시간을 이해한 인간은 그 두 가지를 절대로 구분할 수 없단 말이다."

"……"

"그래서 결론을 내리자면, 시간이 영원히 나뉠 수 있다는 개념은 거짓이라는 것이다. 그것은 숫자의 개념에서 녹아들어 버린 거짓 개념이다."

"그렇다면 시간을 쪼개고, 쪼개고, 쪼개다 보면 언젠간 쪼갤 수 없는 최소 단위가 나온다는 말씀이십니까?"

피월려는 질문하지 말아야 한다는 사실을 잊어버릴 정도로 흥분해 있었다.

미내로도 처음 이 이야기를 들었을 때, 그보다 더하면 더했지 덜 흥분하지 않았기에, 지금 피월려가 느끼는 기분이 어떤 것인지 잘 알았다.

그녀는 속으로 읊던 주문을 조금 지체시켰다.

그리고 그것으로 얻은 여유를 피월려와의 대화에 집중하기로 했다.

미내로가 피월려의 질문에 짧게 대답했다.

"맞다."

"……"

피월려는 몸의 긴장이 모두 풀려 버려 숨을 후 하고 내쉬었다.

그러고는 어찌할 줄 모르며 양손으로 머리를 감싸 쥐었다. 그 반응을 흥미로운 눈빛으로 지켜보던 미내로가 툭하니 질문을 건넸다.

"안절부절못하는 것이 큰일이라도 난 듯하구나? 머릿속은 복잡할지 모르나 마법사도 아닌 네게 있어, 이런 지적 충격이 현실적으로 그리 큰 변화를 일으키지는 않을 텐데?"

피월려는 고개를 떨어뜨리며 중얼거리듯 대답했다.

"제겐 큽니다. 제가 이해한 용안심공의 묘리가 송두리째 날아가 버릴 것 같은 기분입니다… 어르신, 좀 더 질문해도 되겠습니까?"

미내로는 허리를 앞으로 빼며 등을 뒤로 밀착시키고, 차를 든 손으로 팔짱을 꼈다.

"해라."

피월려가 기다렸다는 듯이, 속사하는 명궁의 화살처럼 질문을 쏟아냈다.

"어떻게 시간이 계속해서 쪼개질 수 없다는 겁니까? 그건 정말로 이해하기 어렵습니다. 시간의 최소 단위가 존재한다면 시간은 흐름이라고 표현할 수 없지 않습니까? 만약 그렇다면, 과거와 현재 그리고 미래의 개념 또한 완전히 박살 나버릴 텐데요? 사람이 시간을 숫자를 통하지 않고 이해하는 것이 정녕 가능합니까?"

미내로는 느릿하게 어깨를 들썩이며 대수롭지 않게 대답했다.

"그건 당연히 불가능하지."

"그럼 시간이 최소 단위가 있다는 것을 어떻게 이해할 수 있다는 말입니까?"

미내로는 의미심장한 미소를 슬쩍 지어 보였다.

"내가 말하고자 하는 것은 인간의 선택이 틀렸다는 것이 아니다. 그 선택에 대한 해석이 잘못되었다는 것이지."

"예?"

"인간이 시간을 이해하고자 숫자를 선택한 것은 분명히 옳은 길이었다. 문제는 하나와 둘의 경계가 확고한 숫자의 개념이 발전하면서, 하나와 둘의 경계가 흐려졌고, 그 여파로 말미암아서 시간의 개념까지도 영향을 미치게 되어, 잘못된 개념이 생겨나 버린 것이지. 이 모든 것의 해답은 기준점에 있다. 기준점!"

"……."

미내로는 검지를 뻗어 피월려를 향하며 말을 이었다.

"애초에 사람은 시간을 정할 때 하루라는 기준을 잡았다. 그 이유는 가장 객관적인 기준점이 인간의 감각으로는 느끼기 어려울 정도로 짧기 때문에, 누구나 공통으로 느낄 수 있는 하루로 정해 버린 것이지. 네가 방금 말한 시간의 최소 단위가 바로 가장 객관적인 기준점이다. 일각을 수억, 수조, 수경만큼이나 잘게 썰어놓다 보면 언젠가는 도달하게 되는 극세

미(極細微)의 세계. 그곳에 있는 셀 수 있는 시간. 우리 마법사는 그것을 페이즈(Phase)라 부른다. 하나의 우주가 다른 모양으로 움직이는 하나의 시간 단면이지."

피월려는 자기도 모르게 중얼거렸다.

"찰나(刹那)……."

"진정한 의미에서 말하는 찰나다."

"……."

"찰나는 실존한다."

피월려는 양쪽 관자놀이를 양손으로 지그시 누르면서 이마에 많은 주름을 만들어냈다.

"솔직히 너무 어렵군요."

"그것을 이해하지 못한 자가 시간의 중첩을 논하는 것은 어불성설이지. 일단 그것에 대해서 깊게 생각하고 나서 그다음을 설명해 주겠다."

피월려는 자리에서 일어나 진심으로 포권을 취했다.

"크나큰 가르침에 감사드립니다."

"마법은 신비로운 것이지. 이 놀라운 비밀을 홀로 간직하는 것도 나름 고통이고 나도 그것을 주저리 떠들며 해결한 것뿐이니 마음 쓸 일 없다."

피월려는 고개를 끄덕였다.

"혹여, 방해가 되지 않는다면, 어르신께서 주문을 모두 완성하시는 사이 잠시 여기서 명상을 해도 괜찮겠습니까? 생각을 정리하고 싶습니다."

미내로는 뜻밖에도 허락하지 않았다.

"혹시라도 무아지경에 빠지게 될 수 있으니 자제하는 것이 좋을 것이다."

"아, 하긴 곧 나가야 하는데… 제가 생각이 짧았군요."

"시간상의 문제도 문제지만, 내가 걱정하는 것은 그것뿐만이 아니다. 혹시라도 더 깊은 곳에 빠지면 골치 아파지기 때문이야."

"더 깊은 곳이라 하시면?"

"여기보다 더 비현실적인 곳이지. 인간은 그곳에 들어가면 위험하다."

"흐음, 그렇습니까?"

피월려는 뭔가 이상하다는 듯이 눈썹을 가운데로 모았다. 머릿속에서 이상한 느낌이 자꾸 피월려의 생각을 사로잡았기 때문이다.

하지만 아무리 떠올리려고 애써도 뚜렷한 그림이 그려지지 않았다.

피월려는 그 느낌을 머릿속에서 지웠다. 용안심공을 발전시킬 수 있는 중요한 단서를 얻은 지금 생각을 정리해야 생생한 깨달음을 얻을 수 있기 때문이다. 지금은 불확실한 느낌에 신경 쓸 겨를이 없다.

"왜 그러느냐?"

피월려의 표정이 이상해진 것을 보고 미내로가 물었다. 피월려는 곧 담담한 목소리로 대답했다.

"아닙니다. 그저 뭔가 걸리는 것이 있어서 그랬습니다. 하여간, 지금 명상을 하는 것은 불가능하다는 뜻입니까?"

"그건 아니다. 내가 염려하는 것은 무아지경에 빠지는 것이다. 복잡한 생각만 한다고 해서 그곳에 빠지는 것은 아니지. 자신을 잊어버릴 때 그곳에 빠지는 것이다. 스스로 집중력을 조절할 수 있다면 깊이 생각하는 것도 상관은 없지만, 만약 평소에도 명상하다 자주 무아지경에 빠진다면, 여기선 명상하는 것을 피하는 게 좋을 것이다."

"그렇다면 별문제 없을 것입니다. 제 집중력은 선천적인 것이 아니라 용안의 힘을 빌려 얻은 것이기 때문에, 무의식적으로 무아지경에 빠지지 않을 정도로 명상만 하는 것은 가능합니다."

"그럼 그리해라. 나도 네놈에게 설명하느라 밀려 버린 주문을 다시 읊어야 하니까."

피월려는 난감한 미소를 지었다.

"죄송합니다."

"됐다. 이젠 말 시키지 마라."

"알았습니다."

미내로는 피월려가 대답하기도 전에 눈을 감아버렸다. 그리고 낮잠을 청하는 것처럼 조금도 움직이는 기색 없이 코로만 옅은 숨을 쉬었다.

피월려는 소리가 나지 않게 조심하며 의자에서 내려와 바닥에 가부좌를 틀었다. 그러고는 내공을 수련하는 것처럼 정신을 집중하여 내면의 세계를 들여다보았다.

제이십구장(第二十九章)

피월려는 뇌의 가장 깊은 곳에 단단히 자리를 잡은 용안심공의 묘리와 구결을 일깨웠다.

구결 한 구절, 한 구절을 감싸고 있는 깨달음을 한 꺼풀, 한 꺼풀씩 벗겨내며 가장 중심이 되는 논리를 찾아 정리했다. 그러면서 혹시라도 시간을 흐름이라 가정한 논리가 있나 낱낱이 살폈다.

더러운 방을 청소하면 할수록 먼지가 한곳에 쌓이는 것처럼, 시간이 흐름이라는 잘못된 가정이 가미된 논리를 하나하나 걸러내자, 머리 전체가 지근지근거릴 정도로 많은 양의 찌

꺼기가 산출되었다.

하나의 예술 작품이라 믿어 의심치 않았던 용안심공에 이렇게나 많은 추잡한 이물질들이 끼어 있다는 사실이 피월려는 믿기지 않았다.

마치 거대하고 아름다운 성의 외부는 누구라도 탄성을 지를 만큼 찬란하기 그지없지만, 그 내부를 이루는 기둥이나 마루에서 썩은 내가 진동하는 것과 같았다.

얻은 묘리 중 팔 할이 재구성되어야 했고, 외운 구결 중 오 할이 재해석되어야 했다.

늙은 성을 완전히 허물어 버리고 새로운 자재들로 다시 지어야 한다.

한 가지 좋은 소식은 시간이 그리 오래 걸리진 않는다는 것이다.

논리라는 것은 잘못된 것이어도 그 구성을 이룩하는 데 있어서 일정한 유형이 있기 때문에, 모두 허물고 다시 쌓는다고 해도 그 유형을 그대로 적용시킨다면 빠른 시간 안에 회복할 수 있다.

피월려는 가장 근본이 되는 구결부터 찰나가 실존한다는 가정을 끼워 맞추었다.

그리고 그 위에 다시 깨달음을 쌓아 올렸다. 처음 한두 번은 어색함을 느꼈지만, 논리를 적용해 나갈수록 전보다 훨씬 더 매끄럽다는 느낌이 들었다.

전에는 완전히 까마득하게 막혀서 더는 나갈 수 없던 길에, 온갖 잡다한 논리를 끌어들여 억지로 길을 만들어야 했다. 그러나 이번에는 애초에 그런 난관이 왜 존재했는지 이해할 수 없을 정도로 착착 사고가 진행되었다. 전에는 애매모호한 이유로 지나간 구간이 하나도 남기지 않고 제거되었고, 다수의 논리를 밟고 먼 길로 돌아가야 하는 곳을 하나의 논리로 지나가게 된 곳도 수두룩했다.

피월려는 조금도 조급하게 생각하지 않았음에도, 전에 이룩했던 용안심공의 경지까지 모두 따라잡았다. 새로운 가정으로 만들어진 용안심공의 묘리는 전의 것보다 훨씬 작은 부피를 가지고 있었고, 그 속은 비교도 할 수 없을 만큼 견고하고 단단했다.

피월려는 마치 집 전체를 대청소하고 난 것처럼 큰 개운함을 느꼈다.

그가 새로 쌓아 올린 새로운 성에서 가장 높은 곳에 서서 먼 곳을 바라보는 것 같았다.

그런데 여기서 좀 더 쌓아 올리고 싶은 욕심이 생기기 시작했다.

성의 기반이 이토록 단단하니, 여기서 조금 더 쌓아 올린다고 해서 큰 문제는 없을 것 같았다.

만약 운이 좋다면 투시를 넘어서, 심시(淹視)에 도달할 수도 있을 것만 같았다.

그는 정신을 일깨우며 정신력을 최대로 끌어 올렸다. 그리고 용안심공뿐만 아니라 지금까지 얻은 모든 심득을 동원하여 용안심공에 적용시킬 수 있는 좋은 방편을 샅샅이 살피기 시작했다.

그러나 그는 곧 망망대해를 떠도는 나룻배처럼 갈피를 잡지 못하고 제자리를 맴돌았다.

방금 했던 생각을 하면서 그것이 했던 생각인지도 모르게 되었고, 완전히 새로운 생각을 하면서 그것이 했던 생각이라 착각하게 되었다.

그때 그는 누군가 어깨를 치는 것을 느꼈다.

깊은 숨을 들이마시며 정신의 수면 위로 올라온 피월려는 뻐근한 눈을 뜨며 그 손길을 따라 올려다보았다. 그곳에는 지팡이를 들고 있는 미내로가 오른손으로 그의 어깨를 잡고 있었다.

"일어나라. 이제 갈 시간이다."

"그렇습니까? 얼마나 지났습니까?"

"일각밖에 지나지 않았다. 시간이 얼마나 흘렀는지도 모르는 것을 보면 꽤 깊이 생각을 한 모양이구나. 내가 그리 경고했거늘… 쯧쯧쯧."

피월려는 어색한 미소를 띠며 찌뿌듯한 관절을 움직이며 몸을 풀었다.

"그래도 어느 정도는 잘 예비하고 있었습니다. 하하하."

피월려는 변명했지만, 미내로는 잔소리를 멈추지 않았다.

"이 세상에서 가장 무거운 것은 눈꺼풀이라는 말이 있다. 용안심공인지 뭔지, 그것으로 정신을 온전히 지배할 수 있다고 생각하다가는 큰 오산이다. 정신을 지배하는 그 의지도 정신에 포함되니까 말이다. 정신을 함부로 얕봤다간 죽음을 면치 못할 것이야."

"명심하겠습니다."

"그나저나 깨달음은 좀 얻었느냐? 그런 위험을 감당하고도 얻지 못했다면 억울할 텐데 말이지."

"새로운 것은 얻지 못했습니다. 하지만 기존에 가지고 있던 것을 보다 월등한 것으로 대체했습니다."

"그래? 뭐, 그 정도도 감지덕지하지. 정신의 성장은 운이 따라줘야 하는 법이니. 클클클."

"다시 한번 감사드립니다."

미내로는 지팡이를 앞으로 흔들거리며 싫증 어린 표정을 지었다.

"그 이상한 자세를 취하려거든 하지 마라."

포권을 취하려 했던 피월려는 미내로의 말을 듣고 어정쩡하게 멈출 수밖에 없었다.

그 모습이 웃겼는지, 미내로는 작은 웃음을 터뜨리며 몸을 돌렸다.

피월려도 그녀를 따라가며 물었다.

"지금 나갑니까?"

"그렇다. 주문이 완성되었으니, 더는 이곳에 있을 이유가 없지."

"아, 알았습니다. 이제 나가는군요."

"왜? 아쉬우냐?"

"하하하. 그럴 리가요. 하지만, 평생 잊지 못할 추억이 생긴 것 같아서 조금 마음이 뒤숭숭한 건 사실입니다."

"원하면 이곳의 기억을 지워줄 수 있다."

"아, 그런 뜻이 아닙니다."

"원, 싱겁기는. 농이다."

피월려는 떡 벌어진 턱을 미내로가 보기 전에 서둘러 닫았다.

설마 미내로가 농을 할지도 몰랐고, 그렇게 재미없는 것으로 할지는 더더욱 몰랐기 때문이다.

"아, 아하하. 농이셨습니까? 지혜가 남다르셔서 그런지 이해하기가 어려웠습니다."

미내로는 콧소리를 내었다.

"네가 중원인이라 내 농을 이해하지 못하는 것뿐이다."

과연 그럴까 하는 의심이 피월려의 뇌리에 강하게 파고들었지만, 그는 애써 그것을 무시했다.

"그, 그렇군요."

"고향에서는 내 유머(Humor)를 누구라도 인정할 수밖에 없는 수준이지."

"……."

어색한 침묵이 조금 흐르자, 그들은 곧 지상에 도달할 수 있었다.

거대한 나무뿌리에서 문을 열고 나온 피월려는 몸을 돌려 그 나무뿌리가 다시 땅으로 파고드는 것까지 구경했다. 다시 봐도 신기한 광경이 아닐 수 없었다.

"뭐 하는 게냐? 어서 오지 않고."

미내로의 호통에 피월려는 그것에서 억지로 눈길을 거두고는 멀리 앞장서 가는 그녀를 뛰어 따라잡았다. 그리고 그 길로 그들은 점차 숲 밖으로 나가기 시작했다.

현실과 가까운 색채를 지녔던 숲이 사라지면서 점차 환상과 같은 경치가 모습을 드러내기 시작했다. 그리고 모든 색의 경계가 뚜렷해지면서 명암까지도 모두 사라져 모든 색은 단색이 되었다.

그들은 곧 꽃밭에 도착했다. 그런데 전과 다른 점이 있다면, 꽃들이 모두 검은색으로 변했다는 점이었다.

피월려가 물었다.

"이 꽃밭이 검게 변한 이유는 혹 청신악에게 큰 변고가 생겨서 그런 것이 아니겠습니까?"

그의 질문에 미내로는 고개를 갸우뚱했다.

"꽃밭이라니? 여기가 꽃밭으로 보이느냐?"

"예, 그렇습니다만. 미내로 대주님께서는 어찌 보이십니까?"

"그냥 청색의 땅으로 보인다."

"그렇습니까……."

"그런데 검게 변했다니. 전에는 무슨 색이었느냐?"

"흰색이었습니다."

"그래? 별로 좋은 일이 일어난 것 같지는 않구나. 하지만 전에도 말했듯이 내 시체들은 너 외에 다른 자를 나에게 데려온 적이 없다. 이 말은 그자가 의도적으로 내 시체를 밟지 않았다는 뜻이지. 내가 그자에 대해서 해줄 수 있는 것은 없다."

"뭐, 사실 저와 큰 인연이 있는 것은 아닙니다. 만약 그 불상에게 죽었다면 쓸쓸하지만 어쩔 수 없겠지요."

미내로는 눈을 게슴츠레 뜨며 피월려를 보았다.

"포기가 빠르구나. 솔직히 네가 그자를 찾자고 하면 어떻게 거절할까 생각하고 있었다."

"그 정도로 결례를 범할 수는 없습니다."

"내가 만약 해준다고 하면?"

"아닙니다. 괜찮습니다. 은원 관계에 제삼자가 개입해서 좋은 결과로 귀결된 적이 없었습니다. 제가 그자에게 얻은 은혜를 굳이 대신 갚아주지는 않으셔도 됩니다."

"정말이냐?"

"예."

"무림인들이란……. 클클클."

피월려가 고집이 엿보이는 굳은 표정으로 일관했기에, 미내로는 그것에 관해서 더는 묻지 않기로 했다.

그렇게 일각을 더 걸었을까?

갑자기 피월려 앞에, 하늘 위로 유리계단과 황금문이 나타났다.

피월려는 이곳이 그 불상에게 공격당하여 청신악과 찢어지게 된 곳임을 직감했다. 미내로가 그곳을 정확하게 찾아온 것이다.

그녀가 물었다.

"입구가 있는 곳이 여기가 맞느냐?"

"예. 맞습니다. 전과 달라진 것이 없군요."

"입구는 어떤 형태로 되어 있느냐? 하늘을 바라보는 것이 위에 있는 듯싶은데."

"하늘 높은 곳에 황금문이 있습니다. 그리고 그곳으로 올라가는 투명한 계단이 공중에 펼쳐져 있습니다."

"화려하군. 설명만 들으니 감이 안 와. 내가 직접 보겠으니 허락해라."

미내로는 오른손을 뻗어 피월려의 머리를 잡았다. 그리고 곧 그 손에서 어떤 뜨거운 기운이 피월려의 두피를 통해 스며들기 시작했다.

피월려는 미내로가 허락하라는 말이 이 기운을 그대로 받아들이라는 뜻임을 직감하고는, 그 기운에 대항하여 반발하려는 내력을 모두 다스렸다.

그렇게 그 뜨거운 기운이 그의 두 눈에 집중되자, 미내로는 입을 열었다.

"와우(Wow)."

짧지만 간결한 감탄사였다.

그녀는 피월려의 머리에서 손을 떼고는 지팡이를 매만졌다. 그러나 그 뜨거운 기운은 피월려의 눈에 깃들어 떠나지 않았다.

마치 불덩이가 눈 속에 있는 것 같아, 피월려는 계속해서 눈을 깜박이고 비벼댔지만, 그 느낌은 전혀 나아지질 않았다. 피월려는 깊은 한숨을 쉬며 포기했다.

그때였다.

쿵!

불상이 피월려의 코앞에 떨어졌다.

그 불상은 전과 같은 모습이었지만, 한 가지 다른 점은 부처도 울고 갈 만한 인자하고 포근한 미소를 하고 있다는 점이었다.

"어디 있었느냐? 내가 찾았지 않느냐?"

목소리 또한 따듯했지만, 피월려는 등골이 서늘해지는 것을 느꼈다.

그는 맹수의 존재를 감지한 초식동물처럼 바짝 긴장한 눈빛으로 눈길을 슬며시 들었다.

그 위에서는 눈을 크게 뜬 불상이 그를 내려다보고 있었다.

인자하고 포근한 미소는 쾌락에 젖은 미소로 씰그러졌다.

쿠쿠쿵!

불상의 양손이 피월려가 있던 곳에 떨어지며 땅을 파고들어 굉음을 내었다.

본능에 의지하여 뒤로 주저앉으면서 가까스로 그것을 피해낸 피월려는 다리 사이에 놓인 황금색의 손날을 보며 아랫도리가 서늘해지는 것을 느꼈다.

자칫 잘못했다가는 남성을 잃어버렸을 것이고, 그랬다면 치료를 받아도, 극양혈마공의 넘치는 기운을 처리할 수 없어 죽음에 이르게 될 것이다.

"네 이놈! 훈계를 받기를 거부하다니! 부정자 따위가 감히!"

그 불상은 이내 악귀와 같은 표정이 되어 살기가 짙은 목소리로 고함을 쳤다.

피월려는 재빠르게 두 다리를 마구 움직이며 뒤로 기어 거리를 벌렸다.

가만히 앉아 있다가는 잘 다져진 고깃덩어리로 변하는 것은 시간문제였기 때문이다. 생존을 위함이어서 그런지 그 움직임이 눈살을 찌푸릴 정도로 추하다는 사실에는 별로 관심이 없었다.

애초에 눈살을 찌푸릴 사람도 없으니 말이다.

쿵! 쿵! 쿵!

피월려의 빠른 움직임에, 불상의 손날은 계속 빗나갔으나, 피월려의 마음에서는 매번 남성을 잃어버릴 수도 있다는 공포감이 척추를 타고 짜릿하게 올라왔다.

피월려는 지금까지 죽음을 눈앞에 둔 여러 공포를 경험한 적이 있었지만, 이번과 같은 짜릿한 공포는 처음이었다. 그것은 마치 생명보다 소중한 것이 위험에 처했을 때나 느낄 법한 공포였다.

평소 자기 생명보다 소중히 여기는 것이 없었던 피월려에게는 너무나도 생소한 느낌이었다.

그는 바삐 다리를 놀려 그 손날을 피하는 와중에도 힐끗힐끗 자기의 남성을 확인했다.

"요리조리 쥐 새끼같이 잘도 피하는구나!"

그 불상은 괴성을 지르며 내려치던 손날을 멈추고 모아서 하늘 높이 들었다.

잠시 여유가 생긴 피월려는 몸을 비틀면서 그 자리에서 자세를 잡고 일어나 두 발로 섰다.

그렇게 중심을 잡고 나니 주변 상황이 눈에 들어오기 시작했다.

가장 먼저 눈에 띈 것은 삼 장 정도 거리에서 자리를 잡고, 예인의 곡예를 보며 즐거워하는 아이처럼 방긋 웃고 있는 미내로였다.

"어르신! 어떻게 좀 해주……."

쾅!

피월려는 갑자기 천둥소리와 함께 추락하는 듯한 기분을 느꼈고 말을 이을 수 없었다. 그가 선 땅이 불상의 두 손날에 의해서 지진이라도 난 듯 쩌억 갈라져, 그 속을 내비치고 있었기 때문이다.

피월려는 중심을 가누지 못하여 몸을 휘청거리며 흙과 함께 떨어졌다.

그리고 곧 불상에 의해서 만들어진 구덩이의 중심으로 굴러떨어졌다.

워낙 갑작스러운 일이라 정신을 차리지 못했던 피월려는 흙과 먼지로 뒤엉킨 머리를 마구 휘저으며 겨우 눈을 뜰 수 있었는데, 점차 하늘의 빛이 가려지는 것을 느끼고 슬쩍 위를 보았다.

그곳에는 뱀처럼 목을 쭉 빼고 환희에 빠진 듯한 눈동자로 그를 노려보는 불상의 얼굴이 있었다.

"이번에도 도망쳐 보아라!"

씨익!

부처의 웃음이라고는 믿을 수 없는 사기(邪氣)가 그 웃음 속에 가득했다.

불상의 손은 이미 위로 올려지고 있었다.

전과 다른 점이라면, 손날이 아니라 손바닥을 보이고 있다는 것이었다. 손바닥 전체로 그냥 구덩이를 찍어 누르려는 것이다.

피월려는 용안의 힘을 모두 동원하여 재빨리 탈출 방법을 찾았다.

하지만 작은 구덩이같이 충분한 도약력을 얻을 수 없는 지형에서, 마치 입구를 닫아버리는 듯한 불상의 공격을 피할 방도가 있을 턱이 없었다.

유일한 방법은 땅을 더 파고들어 가는 것인데, 피월려는 그 짧은 시간에 사람의 몸이 들어갈 만한 땅을 팔 수 있는 재주를 가진 적이 없었다.

피월려는 이 상황에서 자기가 더 할 수 있는 것은 아무것도 없다고 생각했다.

대신 그에게는 미내로 대주가 그냥 보고만 있지 않을 것이라는 묘한 희망이 있었다.

찰나에 훑은 단편적인 기억에서, 피월려는 미내로의 미소에서 뭔가 미묘한 점을 발견했다.

마치 피월려가 무공을 익히다가 위험한 상황에 부닥쳤을 때, 그것을 지켜보던 스승님의 미소와 비슷했다. 마치 어른들이 전혀 위험하지 않은 상황을 겁내는 아이를 보며 그 모습이 귀엽고 재밌어 미소를 지을 때와 같다.

피월려는 손바닥이 눈앞에서 떨어져 내리는 와중에도 이상하게 마음이 편안했다. 그리고 미내로는 그의 기대를 저버리지 않았다.

"파워─워드 할트(Power─word Halt)."

미내로의 지팡이를 통해 정해진 목표물은 미내로의 입에서 흘러나온 절대명령을 절대로 거부할 수 없다. 불상은 그 명령을 받들어 복종했다.

그 불상의 손바닥은 피월려의 머리에 닿기 한 치 직전에 공중에서 우두커니 멈췄다.

피월려는 불상이 더는 움직이지 않는다는 확신을 하고, 비좁은 공간에서 기를 쓰며 올라왔다.

그는 전신에 묻은 흙먼지를 툴툴 털어내었다. 그러면서 불상과 미내로를 번갈아 보며 물었다.

"그게 답니까?"

"뭐가 말이냐?"

"말 한 마디면 끝이냐는 말입니다."

미내로는 대수롭지 않게 말했다.

"저따위 것이야, 말 한 마디도 아깝지."

미내로는 거만함의 극치를 보여주는 눈빛으로 피월려를 불쌍하게 쳐다봤다.

피월려는 청신악과 함께 고생했던 것을 떠올리니 머리에 쥐가 날 것 같았다.

이것은 마치 수천, 수만의 군사를 동원해도 십 년 동안이나 성을 함락시키지 못하다가 제갈량 같은 자가 떡하니 백 명을 이끌고 나타나서 단숨에 그 성을 함락시켜 버리는 것을 본 기분과 같았다.

무식하면 몸이 고생한다.

피월려는 손으로 이마를 쳤다.

"무공을 왜 배웠는지 후회가 막심해지는군요."

미내로는 피월려의 표정이 재밌었는지 한동안 큰 웃음을 터뜨렸다.

"너무 상심하지는 마라. 그 마법의 난이도는 무공으로 치면 검강에 해당하는 수준의 것이다. 그것도 완전한 수준의 검강이지. 마법을 배운다고 아무나 쓸 수 있는 것이 아니야."

피월려는 그 말 자체보다는 말에서 유추할 수 있는 사실에 조금 더 흥미를 느꼈다.

미내로의 강함이 어느 정도인지 대강 감을 잡는 것도 불가능했었는데, 이 말을 통해서 어느 정도 추측할 수 있었기 때문이다.

피월려는 은근슬쩍 물었다.

"완전한 수준의 검강이라면 적어도 초절정 혹은 입신에 해당하는 경지군요. 미내로 대주님께서도 그 정도는 되시는 듯합니다?"

"마법과 무공은 그 괘가 너무나도 다르므로, 그런 식으로 판단하는 것은 절대 좋은 방법이 아니다. 마법은 매 순간 계단식으로 실력이 향상되며 또한 그 계단의 높이는 사람마다 모두 제각각이다. 어떤 사람은 특정한 스펠을 빨리 배우기도 하고, 어떤 사람은 특정한 부류를 빨리 배우기도 한다. 허나 파워―워드(Power―word)는 마법사로서 나이를 많이 처먹으면 처먹을수록 잘 쓸 수 있는 노인 공경심이 아주 대단한 스펠이지."

"설마 그럴 리가 있겠습니까?"

"정말이다. 마법사가 마나와 교류의 시간이 많으면 많을수록 파워—워드는 확실해지고 강력해지지. 선천적인 재능이 뛰어나면 그것도 뛰어넘지만. 하여간, 네가 무공을 익힌 것을 후회할 정도로 이 마법이 간단한 것은 아니라는 뜻이다."

그러나 피월려는 억울한 표정을 풀지 못했다.

"하지만, 단 한 마디로 이런 위력을 지녔다니……."

미내로는 타이르듯 조용한 어조로 읊조렸다.

"내가 아까 집에 있을 때, 주문을 외워야 한다고 했던 말이 기억나느냐?"

"예, 그렇습니다만?"

"그때, 내가 정성을 다해서 외운 스펠이 바로 이것이었다."

"아, 그럼 이 마법은 단 한마디로 행한 것이 아니라는 겁니까?"

"사전 준비가 많이 필요했지. 처음에는 편하게 킬(Kill)로 생각했다가, 그 청신악인지 뭔지 하는 놈이 이 불상이 소림파의 의지일 수도 있다는 말을 해서, 여러 가지 가능성을 모두 내포할 수 있는 단어를 찾아야 했지. 그걸 스펠화시키는 데 얼마나 힘들었던 줄 아느냐?"

"예?"

피월려는 전혀 그녀의 말을 이해하지 못했다. 미내로는 손을 휙 저으며 몸을 일으켰다.

"됐다. 간단하게 말하면, 보이는 건 간단해 보일지 몰라도, 그 속사정은 복잡하기 짝이 없었다는 것이다. 무림인들이 검강을 쏠 때, 일각 동안이나 모으지는 않지 않느냐? 그것을 봐도 어느 학문이 더 무(武)에 가까운지는 불 보듯 뻔하지."

"……."

"잡담은 그만하고. 이제 입구로 나가자. 시간을 더 지체하다간 제시간에 맞추지 못할 것이다."

"알았습니다. 그러면 업히시지요."

피월려는 몸을 숙이며 말했다. 그러나 미내로는 무슨 더러운 것을 보는 듯한 눈빛으로 그를 노려보았다.

"내가 왜 네놈에게 업혀야 하느냐?"

"예? 그야, 당연히. 계단은 저에게만 보이기 때문에 그런 것이 아닙니까?"

"혹시, 그 청신악이라는 놈과 그런 추한 꼴로 계단 위를 걸은 것이냐?"

"뭐, 그리 추한 꼴인지는 모르겠습니다만."

"어리석고 추한 것들. 나는 네 계단이 보인다. 내가 아까 네 눈을 통해 본다고 말한 것을 잊었느냐?"

"아, 아직도 보이시는군요?"

"눈동자가 평소보다 뜨거운 느낌이 있을 텐데? 아니더냐?"

"맞습니다. 느껴집니다."

"쯧쯧쯧."

"……."

미내로는 못마땅하다는 듯한 표정을 지으며 뒷짐을 지고 투명한 계단 쪽으로 향했다.

그녀는 피월려가 올라서기도 전에 먼저 계단을 밟고 하늘 위로 걷고 있었다.

피월려는 서둘러 그녀의 뒤를 따르며 하늘의 황금문으로 걸어갔다.

유리계단을 밟아 올라가면 올라갈수록, 환상의 세계의 전경은 이루 말할 수 없이 아름다웠다. 청신악과 같이 앉아 감상하던 곳과 명백히 같은 곳이었으나, 그때와는 또 다른 경치가 눈앞에 펼쳐졌다. 꾸준히 계단을 밟고 위로 올라가니 몸이 힘들 만도 하건만, 그 멋진 광경은 지속적인 힘을 불어넣어 주었다.

그렇게 그들은 곧 황금문 앞에 설 수 있었다.

눈부시게 번쩍거리는 황금문은 절대로 열리지 않을 것 같이 굳게 닫혀 있었다. 그리고 매우 불친절하게도 손잡이까지 없었다.

"이거… 어떻게 엽니까?"

피월려는 황금문을 이리저리 살펴보며 물었다.

미내로는 뒷짐을 진 상태로, 피월려의 행동을 가만히 바라보고만 있었다.

"네놈이 만든 문을 여는 방법을 왜 나한테 묻는 것이냐? 네놈이 열어야지."

"흠, 그럼 제가 이 문이 열릴 것이라고, 강하게 생각하면 됩니까?"

"강하게 생각하는 것이 아니라 그렇게 믿어야 한다. 그리 어렵지 않을 것이야. 운이 좋게도 문의 모양을 하고 있으니, 열리는 것을 믿는 것에 큰 어려움은 없지. 만약 입구가 문의 모양이 아니라, 돌이나 나무의 모양을 하고 있었다면, 그것을 여는 데 꽤 애를 먹었을 것이다. 돌이나 나무가 열리는 건 상상조차 하기 힘드니까."

"흥미롭군요."

피월려는 그렇게 중얼거리며, 황금문의 양쪽 문 사이를 쓰다듬으며, 그 문이 열리는 것을 상상했다. 그러자 황금문은 생각보다 훨씬 쉽게 그 속을 보여주었다.

안은 아무것도 없는 컴컴한 어둠이었다.

그러나 불어오는 바람 속에는 현실와 그 생동감이 녹아 있었다.

피월려는 이 문을 나가면, 이 세계에서 현실로 되돌아갈 수 있다는 것을 감각적으로 알 수 있었다.

피월려는 뒤를 돌아보며 미내로에게 말했다.

"들어가시지요."

노인을 공경하는 마음에서 그리 말한 것이지만, 미내로는 별로 내키지 않는 듯 고개를 양옆으로 흔들었다.

"나는 가지 않는다."

피월려는 의문을 품은 표정으로 말했다.

"나가지 않으십니까? 아까 전에, 같이 나가자고 하지 않으셨습니까?"

"이곳에서는 들어온 곳으로밖에 나갈 수 없다. 입구만이 곧 유일한 출구이지."

"미내로 대주님께서는 마법사이시니, 저처럼 이곳의 법칙에 마냥 지배되실 것으로 생각하지 않았습니다만."

"그 말도 사실이나, 법칙도 강한 것이 있고 약한 것이 있지. 아무리 강력한 마법사라고 해도 들어온 곳으로 나가야 한다는 그 법칙을 이길 수 있는 자는 전 차원과 고금을 통틀어도 없을 것이다. 그 법칙을 어기는 것은 이 세상의 존재 자체를 부정하는 것과 다름이 없다."

"그렇다면 전에 말씀하신 것은 무엇입니까? 마치 저와 같이 나간다는 의미로 말씀하셨던 것 같은데 말입니다."

"내가 너와 함께 나간다는 말을 한 적은 없었다. 단지, 내 일부와도 같은 이 아이를 네놈에게 맡겨야 하니 나도 모르게 그런 어투로 이야기한 듯싶다."

미내로는 무언가 탐탁지 않은 듯한 표정을 지으며 오른손을 내밀었다. 정확하게는 그 오른손에 쥐고 있던 지팡이였다.

피월려는 미내로가 말하는 일부와도 같다는 그 감정을 알 수 있을 것 같았다.

그녀에게 지팡이는 마치 고수에게 일생을 같이한 검과 같을 것이다. 미내로는 지금 피월려에게 그 정도로 소중한 것을 내어주는 것이다.

피월려의 표정이 딱딱해졌다.

"받을 수 없습니다."

"받아라."

"어르신께 가장 소중한 것이 아닙니까? 제가 어찌 받을 수 있겠습니까?"

피월려의 단호한 말에 미내로는 슬그머니 미소를 지었다.

"매번 느끼는 것이지만, 너희 중원인들은 참 재밌는 문화를 가진 것 같다. 이런 상황에서는 이유를 묻는 것이 순서가 아니더냐? 일단 거절부터 하다니, 클클클."

"……"

"교주의 명령이 있었다는 말을 기억하느냐?"

"예, 기억합니다."

"그것과 관계된 것이다. 네놈이 이곳에 오게 된 것과 이곳에서 내가 너를 찾은 이유는 바로 네게 이것을 주기 위함이었다."

미내로의 말이 끝나자, 오묘한 빛을 내는 지팡이를 바라보던 피월려의 눈썹이 작게 흔들렸다.

"제가 이것을 가지고 나가서, 무엇을 해야 합니까?"

"아무것도 할 필요 없다. 나가서 지팡이를 들고 잠시 기다리면, 그 지팡이에서 빛이 나오며 어떤 마법이 실행될 것이다. 그 마법이 안전하게 완성될 때까지 잠시 주위를 지켜주면 된다."

"그뿐입니까?"

"그렇다."

피월려는 지팡이와 미내로를 번갈아 쳐다보며 갈등했다. 그러나 고민을 거듭하면 거듭할수록 자신에게는 선택의 자유가 없다는 것을 깨달을 뿐이었다.

"이거 꼭 받아야 합니까?"

혹시나 하는 마음에 피월려는 그렇게 물었으나, 미내로는 콧방귀를 뀌었다.

"나는 뭐 좋아서 주는 줄 아느냐? 빨리 받아라."

피월려는 결국 그 지팡이를 받아 들었다. 그러자 그 지팡이가 갑자기 불길한 붉은빛을 은은하게 뿜어내었다. 마치 살아서 피월려를 경계하는 것 같았다.

미내로는 피월려의 표정이 별로 좋지 못한 것을 보곤 넌지시 말했다.

"네게 위험한 것은 없으니 안심해라. 그냥 마법이 실행되는 동안만 그 자리를 지키면 되는 것이다. 네 주된 임무는 혹시 모를 무승들이 마법을 방해하는 것을 막는 일이다. 마법진이 꽤 화려하고 시끄러울 테니까, 아마 적어도 한 명 정도는 확인하러 올 것이다."

"그들의 실력은 어느 정도 됩니까?"

"그거야 나도 모르지. 하지만 네놈이 실패하면 교주의 계획이 모두 물거품으로 돌아간다. 전체적으로 봤을 때, 네 임무는 작은 부분이나 가장 핵심적이기도 하다. 꼭 성공해야 한다."

"알았습니다."

"또 하나, 소림파의 무공은 마공과 상극이니 소림승이 하수라 할지라도 이기지 못하는 경우가 허다하다 했다. 그 점을 잊지 말고 방심하지 말라고, 교주가 명했다."

피월려는 포권을 취했다.

"존명."

"그럼 나는 이만 돌아가마. 있다가 보자."

피월려는 포권을 취하고 있다가, 미내로의 마지막 말을 듣고 의문이 생겨 슬쩍 고개를 들었다.

그러나 미내로는 이미 공중으로 훌쩍 뛰어 땅으로 매섭게 추락하고 있었다.

순간 어안이 벙벙했지만, 미내로가 아무런 대책도 없이 그리할 리가 없었기에, 곧 피월려는 그녀에 대한 걱정을 접어두었다.

우우웅!

피월려는 놀라 갑자기 공명음을 낮게 토해내는 지팡이를 보았다.

그 지팡이가 내는 소리는 마치 주인과 떨어지기 싫어하는 강아지의 것과 같았다.

피월려의 표정이 씁쓸해졌다.

"네놈도 주인과 떨어지기는 싫겠지만 뭐 어쩌겠느냐? 위대하신 교주님의 명이라는데… 후유, 가보면 알겠지."

그는 곧 발걸음을 내디뎌 황금문 너머로 모습을 감추었다.

* * *

피월려는 눈을 떴다.

그러나 아무것도 보이지 않았다.

온통 컴컴한 공간 속에 홀로 버려진 것 같은 시야가 그를 반길 뿐이었다.

그는 처음 이 괴상한 세계에 발을 들일 때 있었던 무혈지옥이 생각이 났다. 그곳은 생각이 생각을 집어삼키고 또 다른 생각이 또다시 생각을 집어삼켜, 결국에는 자아를 잊어버리고 자신의 존재를 느끼지 못하게 되던 무시무시한 곳이었다. 혹시나 지금 그곳에 다시 왔다면, 이번에 다시 살아 나갈 수 있다는 보장은 어디에도 없었다.

하지만, 그는 곧 안심할 수 있었다.

폐에 깨끗한 숨이 들어차고 나가는 것을 느낄 수 있었기 때문이다.

호흡 중에 느껴지는 신선한 공기에는 이계에서 절대 느끼지 못했던 현실감이 녹아 있었다. 공기가 몸속 구석구석으로 퍼져 나가는 느낌은 이곳이 절대로 이계가 아니라는 확신을 주었다.

피월려는 쓸모없는 눈을 감아버리고, 다른 감각을 일깨우기 시작했다.

만약 현실이라면 눈으로 보이지 않더라도 다른 감각들을 동원해 어느 정도 지금 상황을 파악하는 것이 가능하기 때문이다.

어떻게든 시야를 확보하기 위해서 분주하게 활동하던 정신력의 상당한 부분이 안정을 되찾고, 서서히 청각에 사용되기 시작했다.

피월려의 귀는 고막에 얇게 퍼진 핏줄에서 쿵쿵거리는 심장박동이 느껴질 정도로 예민해졌다.

그러나 안타깝게도, 밖의 정보를 충분히 확보하는 데는 별로 성공적이지 못했다. 오히려 심장박동 소리가 그의 청각을 방해하는 듯했다.

그렇게 또다시 시간이 지나자, 이젠 촉각에 온 신경이 몰려들었다.

시각에서도 청각에서도 이렇다 할 수확이 없자, 인간이 세 번째로 크게 의지하는 감각인 촉각이 가장 첫 번째가 된 것이다.

피월려의 피부는 흐르는 땀방울도 놓치지 않았고, 땀구멍에 박힌 털은 끝의 미세한 진동까지도 무시하지 않았다.

우선 드는 기분은 갑갑함이었다. 손가락 하나도 움직이기 어려울 만큼 갑갑했다.

피월려는 혹시 육신에 이상이 생긴 것이 아닌가 걱정했는데, 그의 근육과 관절에는 별다른 무기력함이 느껴지지 않았다.

이는 점혈이나 독처럼 내부의 힘을 억압한 수법이 아니다.

그럼에도 이런 갑갑함을 느끼는 이유는 단 하나였다.

내부의 힘을 꺾을 만큼 외부의 힘이 강력하게 작용하는 것이다.

피월려는 우선 가장 움직이기 쉬운 관절부터 차례대로 움직여 나갔다.

가장 큰 허리부터 시작해서 가장 작은 새끼손가락까지, 정성을 다해 움직였다.

그러나 모든 관절은 조금도 꿈쩍하지 않았다. 그런데 한 가지 이상한 점은 모든 관절에 작용하는 반발력이 항상 비슷하다는 점이었다.

만약 어딘가에 묶여 있다면, 각 관절에서 느껴지는 반발력이 어느 정도 차이가 있을 수밖에 없었다. 즉, 그는 무언가에 의해 묶여 있는 것도 아니고 점혈이나 독에 당한 것도 아니다.

일정한 외부의 압박이라면 다음에 생각해 볼 수 있는 것은 물이나 흙처럼 온몸에 전체적으로 압박을 주는 어떤 것의 속에 묻혀 있는 것이다. 그러나 그렇다면 숨을 쉴 수 없어야 한다.

피월려는 강한 의문을 품었으나, 시간이 지나 미각이 활성화되면서 그 의문은 실마리가 잡혔다.

혀에서 느껴지는 쓴맛과 텁텁한 느낌을 언젠가 한번 느껴보았던 기억이 난 것이다.

그는 확신하기 위해서 혀를 이용하여 입 안쪽을 통해 코로 공기를 넣어 냄새를 확인했고 곧 하나를 머릿속에 떠올릴 수 있었다.

'대나무… 대나무다. 난 지금 속이 빈 대나무를 입에 물고 있어.'

피월려는 곧 자연스럽게 자신이 그 대나무를 통해서 숨을 쉬고 있다는 사실을 깨달을 수 있었다.

그는 숨을 빠르게 들이마시며 공기 소리를 일부러 내었다. 숨을 내뱉을 때에는 큰 소리를 지르기도 했다. 그러면서 귀를 쫑긋 세워 그 소리가 울리는 것을 들으며 대나무 대롱의 길이를 대강 파악했다.

'그리 길지 않다. 길어봤자, 일 촌!'

피월려는 입을 조금 더 벌려 입속으로 들어오는 물질의 맛을 보았다. 그것은 분명한 흙 맛이었다.

그림은 모두 완성되었다.

그는 대나무가 입에 박힌 상태로 일 촌 아래의 땅에 묻혀 있는 것이다.

탈출 방법은 간단하다.

피월려는 전신에서 서서히 극양혈마공을 끌어 올렸다.

땅에 묻혀 있던 시간이 그리 오래되진 않았는지, 그의 몸에서 엄청난 양의 마기를 뿜어내는 데에는 별다른 문제가 없었다.

충분한 마기가 모였다고 생각한 피월려는 온 힘을 다해 몸을 흔들었다.

육신에서 움직일 수 있는 것이라고는 모두 동원하여 일제히 움직였다.

땅의 압박이 그의 진동을 봉쇄하려 했지만, 십 할 가동된 극양혈마공의 위력을 온전히 감당하지는 못했다.

피월려는 시간이 지나면 지날수록, 위의 땅이 들썩거리는 것이 느껴졌다. 그뿐만 아니라 몸이 움직일 수 있는 공간이 점차 늘어나는 것이 느껴졌다. 흙은 계속해서 그 공간을 메우려 했지만, 원상 복귀하기에는 그의 움직임이 워낙 빠르고 강했다.

피월려가 묻힌 땅이 용암을 막 분출하려는 화산처럼 조금씩 솟아오르기 시작했다. 그러고는 지진이라도 난 듯 쩌억쩌억 갈라지더니 곧 가장 높은 곳에서 피월려의 오른손을 토해 내었다.

그다음부터는 일사천리였다.

손으로 흙을 모아 옆으로 던지면서, 피월려는 몸을 압박하는 무게가 줄어드는 것을 느낄 수 있었다. 그리고 곧 나갈 수 있겠다는 확신이 들자, 손으로 대나무를 빼버리면서 상체를 앞으로 일으켰다.

"으으웃차!"

사방에 흙과 먼지가 비산하며, 피월려가 땅속에서 그 모습을 드러냈다.

그런데 상체가 완전히 올라서기 직전, 피월려는 소리 없는 비명을 지르며 옆으로 다시 꼬꾸라졌다. 누군가 목을 강하게 내리친 듯한 고통이 느껴졌기 때문이다.

피월려는 목을 쓰다듬으며 적을 찾으려 했지만 아무런 기운도 찾을 수 없었다.

오로지 침묵만이 가득했다.

그는 얼굴에 묻은 흙을 털어내며 그 자리에서 일어나 흙투성이가 된 몸을 털어내었다.

그러면서 끊임없이 주위를 살폈는데, 주위에는 그 누구도 보이지 않았다.

피월려는 기이함을 느끼면서 일단 눈을 비벼 시야를 확보했다.

희미하지만 위에서 달빛이 스며들고 있었기에, 피월려는 대강 윤곽 정도는 파악할 수 있었다.

우선 공기 중에 섞인 습기나 귀에 울리는 작은 공명음으로 이곳이 어떤 동굴이라는 것은 알 수 있었다.

그런데 땅의 면적은 적어도 삼백 평(坪)이나 되었고, 또한

반듯하다 할 정도로 평평했기 때문에 인위적으로 지어졌을
가능성이 컸다.

그리고 땅에는 일정한 간격으로 대나무로 보이는 대롱이
백여 개나 박혀 있었다.

피월려는 이 모든 대롱마다 한 사람씩 땅에 묻혀 있을 것이
라고 예상했다.

그들도 피월려처럼 땅에 묻힌 채로 숨구멍으로 숨만 쉬고
있을 것이다.

중원의 유명한 내공 중에 귀식대법(龜息大法)이라는 것이 있
다.

이는 어떤 특정한 무공이 아니라 하나의 수법과도 같은 것
인데, 많은 내공이 귀식대법을 첨가하고 있다. 그 이유는 귀식
대법이 무림 생활을 하면서 매우 요긴하게 쓰이는 경우가 많
았기 때문이다.

무림인이 귀식대법을 펼치면 그는 마치 막 죽은 시체처럼
돼버린다.

심장도 거의 뛰지 않고 숨도 거의 쉬지 않으며, 먹지도 움직
이지도 않는다.

심지어 체온까지 떨어진다.

그 대신, 오랜 시간 동안을 물과 음식과 공기가 없이 버티
는 것이 가능해진다. 귀식대법을 완전히 숙지한 살수 같은 경

우에는 근 한 달을 땅속에서 버티고 있다가 목표물을 제거하기도 한다.

피월려는 소림파가 귀식대법과 비슷한 방법을 이용하여, 이 많은 사람을 반송장 상태로 땅속에 묻어놨다고 생각했다. 소림파의 오랜 역사를 생각하면, 한 달이 아니라 일 년 혹은 십 년 동안 생명을 유지하게 하는 귀식대법이 있다 해도 이상할 것이 없었다. 아니, 평생을 땅속에서 지내게 하는 것도 가능할 것이다.

피월려는 참으로 기가 막히는 듯했다.

차라리 목을 치는 것이 어떤 면에선 덜 잔인하다는 생각이 들었기 때문이다.

살생을 금지하는 그 제약이 소림파로 하여금 살생보다 더욱 잔인한 일을 하게 만드는 것이다.

"참회동… 그 이름답군."

피월려는 쓸쓸한 미소를 얼굴에 띠었다.

그러면서 무심코 아래를 보았는데, 그의 눈에 들어오는 한 가지 이상한 물건이 있었다.

긴 지팡이처럼 생긴 것은 온통 흙에 묻혀 있어서 무엇인지 알아보기 어려웠다.

"이, 이건? 혹시?"

피월려는 손으로 흙을 털어내며 그 지팡이를 자세히 보았다. 그것은 전에, 미내로 대주가 가지고 있던 지팡이가 분명했다.

이계에서 미내로가 건네준 이 지팡이가 현실에서도 그를 따라온 것이다.

피월려는 아까 그의 목을 친 것이 바로 그 지팡이라는 것을 깨달았다.

그가 상체를 일으키자, 품에 있던 지팡이가 그의 목과 부딪쳤던 것이다.

피월려는 그 지팡이를 보자 뇌리에 미내로의 말이 스쳐 지나갔다.

미내로는 지팡이에서 어떤 마법이 실행될 것인데, 그것을 지키라고 했었다.

그런 생각이 들기 무섭게 지팡이 끝에 박힌 보석에서 요사스러운 붉은빛이 서서히 감돌기 시작했다.

피월려는 본능적으로 검을 찾았다.

그러나 그는 몸의 어디서도 역화검을 찾을 수 없었다. 원래대로라면 그의 오른손에 밀착되어 있어야 하는데, 어느새 떨어진 것 같았다.

소림파에서 가져간 것인가?

그도 아니면 이계에 있을 때 무슨 일이 일어난 것인가?

피월려는 속으로 걱정하며 자기가 묻혀 있었던 그곳을 다시 파보기 시작했다.

다행히 그의 걱정과는 다르게, 그는 매우 손쉽게 역화검을 다시 찾을 수 있었다.

오묘한 검은빛은 여전했지만, 이상하게도 어색함이 느껴졌다.

피월려는 오른손, 왼손으로 바꿔가며 역화검을 잡고 자세를 취했지만, 마치 기름진 음식을 과식한 것처럼 검이 몸에 맞지 않았다.

자꾸만 손잡이를 매만지면서 고개를 갸우뚱하던 피월려는 결국 그 검을 내려놓았다.

"이래서야, 그냥 철검보다 못하겠군. 내 손에서 떨어지더니 이젠 완전히 나를 거부하는 건가?"

피월려는 역화검을 답답하다는 눈빛으로 지긋이 바라보며 검술에 대해서 고민했다.

좌추와 청신악과 나눴던 생검과 사검에 대해서 고민해서 생각을 정리했다.

그런데 그때, 갑자기 붉은빛이 폭사되면서 참회동 전체를 환하게 밝혔다.

피월려는 깜짝 놀라며 그 광원을 따라가 보았는데, 그곳에는 일 장 높이의 공중에 홀로 떠오른 상태로 태양처럼 환하게 빛나는 미내로의 지팡이가 있었다.

피월려는 이제 곧 미내로가 예고했던 마법이 실행될 것이라는 것을 직감했다.

그는 하는 수 없이 역화검을 집어 들고, 참회동의 입구를 찾아 그곳으로 빠르게 걸어갔다.

입구는 성인 두 명 정도가 나란히 서 있을 수 있을 만한 길이였다.

피월려는 그 밖으로 머리를 내밀고 밖을 보았다. 입구로 통하는 길은 가파른 언덕처럼 위로 향하고 있었고, 위에서도 역시 희미한 달빛이 흘러들어 오고 있었다. 그 길도 입구와 마찬가지로 상당히 좁은 구조로 되어 있어 두 사람이 나란히 걷기도 어려울 정도였다.

피월려는 참회동 안을 두루두루 살피며 혹시 또 다른 입구가 없나 확인했다.

그러나 감옥과도 같은 역할을 하는 곳이라서 그런지, 밖으로 통하는 입구는 단 하나밖에 없는 듯했다.

피월려는 안심하며 그 입구 옆에 앉아 조용히 기척을 죽였다.

누군가 내려온다면 비명도 지르지 못하게 죽여야 한다. 이런 동굴에서는 작은 소리도 잘 울리기 때문에, 비명이 새어나간다면 그 소리를 듣고 연이어 찾아오는 고수들을 상대해야 할 게 뻔했기 때문이다.

그렇게 시간이 흐를수록 미내로의 지팡이에서 뿜어지던 오묘한 붉은빛은 점차 강해지며 그 속에서 이상한 문양들이 그려지기 시작했다.

피월려는 평생 동안 단 한 번도 본 적이 없는 그 이상한 문양이 어떤 술법을 실행시키기 위한 진법일 것이라고 예상했다.

그것은 중원의 것과 크게 달랐다.

아무도 없는데 지팡이 스스로 그려내는 것이 신비하기 그지없었고, 문양들 또한 바닥이 아니라 공중에 그려지는 것이 복잡하기 짝이 없었다.

피월려는 멍하니 그것을 바라보게 되었다. 문양이 그려지는 과정은 세상 어디에서도 볼 수 없었던 아름다움을 가지고 있었기 때문이다.

자연의 장관을 볼 때에도, 아름다운 미녀를 볼 때에도, 혹은 웅장한 건축물을 볼 때에도 느끼지 못한 새로운 충격이 그의 눈동자를 잡아끌었다.

"확실히 참회동에서 나오는 기운인 듯싶네. 내가 한번 가보지."

피월려는 귓가로 들린 목소리에 제정신을 차리고는 역화검을 든 손아귀를 강하게 쥐었다. 동굴의 울림을 통해서 들린 그 목소리 뒤로, 뚜벅뚜벅 걷는 사람의 발소리가 점차 가까워지기 시작했다.

피월려는 숨을 죽이고 입구 옆에 웅크리고 앉았다. 그리고 곧 경악을 담은 표정으로 자기도 모르게 한 발씩 내딛는 늙은 고승의 옆모습을 볼 수 있었다.

"세상에나. 이렇게 사이한 기운이 있나!"

참회동 전체를 밝게 비추는 미내로의 술법은 기류에도 영향을 미쳤다.

시공간이라는 근본을 흔들어대는 술법이니, 중도를 추구하는 소림파의 중에게는 이토록 사이한 것이 있을 수가 없다. 그것이 참회동의 한가운데 있으니, 고승으로서는 당황을 넘어 황당하지 않을 수 없었다.

"서, 서둘러 방장님께 말해야 한다. 이는 심각한 일이야……"

고승은 떨리는 목소리로 중얼거렸다. 옆에서 조용히 그 모습을 감상하던 피월려는 그 목소리를 전에 들었던 기억이 났다.

참회동에 빠지기 직전, 십계십승이라는 자들에게 괴상한 심사를 받았는데, 그때 자기를 살계승이라 칭한 자의 목소리와 똑같았던 것이다.

피월려는 씩 웃으며 역화검을 양손으로 들어 살계승의 목을 내리쳤다.

써걱!

살계승은 자기가 죽었는지도 모르고 세상을 떠났다. 머리가 먼저 바닥에 떨어졌고, 그 뒤 그의 몸이 뒤따랐다.

피월려는 살계승의 다리를 질질 끌고 입구에서 좀 더 잘 보이는 곳에 두었다.

그리고 그의 머리를 들고, 잘린 목 부근에 두어 마치 아직 살아 있는 것처럼 꾸몄다.

그리고 다음 먹잇감을 노리며 다시 입구 옆에 쪼그려 앉았다.

일각이 흘렀을까?

새로운 노승이 나타났다.

"이상하군. 아직도 왜 아직도 오지 않는… 어! 사, 살계승!"

새로운 노승은 살계승을 발견하고는 달달 떨리는 발걸음으로 서둘러 살계승에게 다가갔다. 그는 참회동을 밝히는 사이한 붉은빛과 멀찌감치 쓰러져 있는 살계승 때문에 정신을 차릴 수 없었던지, 그의 뒤에 사신의 그림자가 따라붙은 것을 느끼지 못했다.

그렇게 어느 정도 다가가자 시야가 점차 확보되며 노승의 눈동자에 살계승의 잘린 목이 들어왔다.

"이건! 아, 암습이… 크어억!"

노승은 말을 끝내지 못하고 성대가 뚫려 죽었다. 노승이 목에서 피분수를 뿜어내며 쓰러지자, 뒤에서 살기를 잔뜩 머금은 눈빛을 내는 피월려가 나타났다.

피월려는 이마의 땀을 훔치면서 깊은숨을 내쉬었다.

"후유… 하마터면 소리가 날 뻔했어."

피월려는 긴장을 푸는 김에 역화검을 잠시 그 목에 박은 상태로 두었다.

그러자 역화검 속에 내포된 양기가 노승의 시체를 노랗게 굽기 시작했다.

곧 고기가 익는 냄새가 공기 중에 퍼졌고, 그것을 맡은 피월려는 진저리치듯 역화검을 뽑아내었다.

"으!"

피월려는 낙양흑검이 사람을 뜯어먹던 장면을 머릿속에서 애써 지우면서, 노승의 시신을 한쪽으로 치웠다.

그리곤 다시 입구로 걸어가 또 다른 먹잇감을 기다렸다.

대략 반각 간격으로 피월려는 노승을 하나둘씩 모두 처리할 수 있었다.

나중에는 두세 사람이 동시에 내려왔으나, 모두 미내로의 지팡이와 쓰러진 동료에게 정신이 팔려 피월려의 암습에 속수무책으로 당했다.

십계십승은 전에 모습을 어둠에 숨기고 이상한 술법으로

피월려를 참회동에 가둔 노승들이지만, 실전에는 그리 강한 자들이 아닌 듯싶었다.

피월려는 열 구의 노승 시체를 모두 한쪽으로 모았다. 그 와중에 그들의 골격을 대강 살펴보았지만, 역시 어떤 무공을 익힌 흔적은 보이지 않았다. 아마도 참회동을 관리하는 일에 있어 무공을 쓸 일이 없었기 때문에, 학승(學僧)들이 아닐까 하는 생각이 들었다.

더 위협은 없을 것으로 생각한 피월려는 한쪽 벽면에 기대앉아 술법이 끝나기를 기다렸다. 오묘한 붉은빛은 매우 느리지만 점차 밝아지고 있었고, 내뿜는 기운 또한 강해지고 있었다.

얼마나 오래 걸릴지는 모르겠지만 더 이상 방해 요소가 없다면 피월려가 해야 하는 일은 그저 이곳에서 죽치고 앉아 있는 것뿐이었다.

긴장이 풀리고 몸이 따분해지자 피월려는 허기와 갈증을 느끼기 시작했다.

그는 대략 만 하루 동안 물 한 모금조차 먹지 못했기 때문이다.

피월려는 입을 쩝쩝거리며 주변을 살폈지만, 그의 눈에 보이는 것은 땅 위로 솟아난 수백 개의 대롱과 열 구의 시체뿐이었다.

피월려는 자리에서 일어나 밖으로 나가려고 마음을 먹었다.

어차피 입구는 하나니 그 길만 잘 지킨다면, 이곳에서 자리를 비워도 별다른 일이 일어나지 않을 것이라는 확신이 있었기 때문이다.

그는 입구를 나서서 가파른 비탈길을 올라가려고 고개를 들었다. 그러나 그 비탈길의 꼭대기에서 그를 경계하는 눈빛으로 바라보는 한 젊은 스님을 보고 걸음을 멈출 수밖에 없었다.

"네놈은 누구냐!"

그 스님은 사자후를 방불케 하는 큰 목소리로 외쳤다. 피월려는 옆으로 침을 딱 뱉으며 말했다.

"재수도 없지, 젠장."

그 스님은 왼손에 쥔 봉을 위협적으로 휘두르며 허리 뒤로 잡았다.

그리고 오른손을 뻗어 공격 태세를 갖추더니 다시 한번 크게 소리쳤다.

"네 이놈! 여긴 소림파 참회동이다. 그것을 알고 있는 것이냐!"

"당연히 알고 있지, 왜 모르겠소. 그런데 혹 스님께서는 법명(法名)이 방통이 아니오?"

갑자기 친숙하게 말하는 피월려의 어법에 쭉 뻗었던 오른손에 힘이 빠졌고 굳은 표정이 얼떨떨하게 변했다.

"그걸 어찌 아시오? 나를 아시는 시주시오?"

"방통 스님께서 언사 남문에서 영웅과 같은 기세로 대중 앞에서 연설하던 것이 아직도 선명하게 기억나오."

"그때 있었소?"

"물론이오. 그 젊은 나이에 십팔나한에 속하셨기에 내 그 이름을 잊어버리지 않고 꼭 외우겠다 다짐했었소. 그런데 여기서 이렇게 보니 반갑소."

방통은 고개를 갸웃하면서 짙은 눈썹을 가운데로 모았다.

"그러면 시주는 누구시오? 누구시기에 이곳에 있는 것이오? 또한, 십계십승께서는 다들 어디에 계시고?"

피월려는 아무렇지도 않게 입구 쪽으로 걸어가며 말했다.

"아, 그분들을 뵈러 왔소? 그분들은 안에 계시오. 참회동의 술법에 뭔가 이상이 생겨서 애를 먹고 계신 모양이오."

"나는 시주가 누구인지 물었소."

"나는 왕일이라 하는 평범한 사람이외다. 내 별다른 재주는 없으나 술법 하나는 자신이 있어, 십계십승께서 나를 부르신 것이오. 안으로 오시면 만나 뵐 수 있소. 들어오시오."

그렇게 말한 피월려는 등을 돌려 안으로 들어가려 했다. 방통은 피월려가 고개를 돌리자마자 높은 곳에서 크게 도약하여 피월려에게 빠른 속도로 떨어졌다.

그는 양손으로 자기의 봉을 뻗어, 정확히 피월려의 정수리를 겨냥했다.

피월려 또한 방통이 도약하는 소리를 들었기에 만반의 준비를 하고 있던 터라 쉽게 방통의 움직임을 예상하며, 몸을 돌려 역화검을 위로 휘둘렀다.

패— 앵!

봉과 검이 부딪쳐서는 절대로 날 수 없는 소리가 역화검에서 울렸다.

그와 동시에 방통의 봉에 담겨 있던 막대한 양의 내력이 역화검으로 전해지면서, 피월려는 그것을 놓치지 않을 수 없었다.

역화검은 이 장을 날아가서 땅에 박혀 들어갔고, 피월려는 뒤도 돌아보지 않고 빠르게 따라가 그것을 뽑아 들었다. 그리고 자세를 취하며 몸을 돌려 다음 공격에 대비했는데, 이상하게도 방통은 피월려의 발걸음을 따라오지 않았다.

그는 대신 입구에 멍하니 서서 불타는 듯한 분노가 담긴 눈동자로 십계십승의 시신을 뚫어지게 바라보고 있었다.

"낙양흑검. 네놈이 십계십승 어르신들을 죽였구나."

목소리에서도 그 분노가 그대로 전해졌다. 피월려는 속에서 극양혈마공을 서서히 일으키며 대꾸했다.

"내가 낙양흑검인 것을 알고 있었군? 그래서 내 연기가 씨알도 안 먹힌 것인가? 어쩐지, 연기는 자신 있었는데 말이지."

"오늘 네놈의 신병을 인도한 사람이 바로 십팔나한이다. 미련한 것. 그런 허접한 수법에 내가 놀아날 줄 알았느냐?"

"걸리면 좋고, 아니면 말고. 속임수야 뭐 그런 거 아니겠어?"

피월려는 비아냥거렸지만 방통은 진지한 어조로 일관했다.

"마검에 의해서 마인이 되었다고 하나, 소림의 승려를 살해한 이상 내 오늘 살계를 열지 않을 수가 없구나. 오른손을 잘라 버려서라도 낙양흑검을 없애라고 청하였건만, 십계십승 어르신들의 자비 덕분에 그대로 묻어둔 것이 역시 화근이었어. 걱정이 되어 십계각에 머문 것이 그나마 호재! 이 또한 부처님의 뜻이라. 나무아미타불."

방통은 눈을 감고 봉을 중앙에 세우고 손을 모아 합장하는 자세를 취했다.

그리고 곧 눈을 번쩍 뜨면서 황금빛 안광을 쏟아냈는데, 그 안광은 미내로의 지팡이에서 뿜어지는 기운까지 안정시킬 정도로 놀라운 위력을 지니고 있었다.

피월려는 방통의 눈을 마주치는 것만으로도 극양혈마공이

마음속 깊은 곳에 숨어버리는 듯한 기분을 느꼈다. 항상 이성보다 먼저 앞서 나가려고 발버둥을 치던 극양혈마공이 처음으로 고개를 숙여 버린 것이다.

마기란 원래 뿜어내면 뿜어낼수록 더욱 강력해지는 것이다.

그런데 지금은 마치 어딘가로 모두 흡수되어 버리는 것처럼 한번 뿜어낼 때마다 허탈감이 찾아왔다. 피월려는 어쩔 수 없이 마기를 몸속에 꽁꽁 숨겼다. 평소에는 과시하며 밖으로 내뿜었지만, 방통 앞에서 그렇게 하다가는 모든 마기가 무(無)로 변해 버릴 것이다.

왜 소림의 무공이 마공의 극상성인지 이제야 확실히 이해가 갔다.

싸우면서도 어떻게든 마기를 빼앗기지 않으려고 발버둥 치게 되니, 내력을 마음껏 내뿜지도 못하고, 동작 하나하나 모두 위축될 수밖에 없다.

피월려는 이번 임무가 절대로 만만치 않음을 실감할 수 있었다.

그는 역화검을 양손으로 잡고 앞으로 뻗는 정자세를 취하며 말했다.

"내가 듣기로 소림은 선공하지 않는다던데……."

방통은 입술을 꽉 깨물며 으르렁거렸다.

"수작 부릴 생각하지 마라. 네놈이 소림의 피를 흘리게 하였으니, 어떠한 변명과 논리로도 죽음을 면할 수 없다!"

"나는 그저 나 또한 선공을 좋아하지 않기 때문에 혹시라도 오랫동안 시간을 낭비하게 되지 않을까 해서 물은 것뿐이야."

"나무아미타불."

방통은 조용히 불경을 읊조리며 활화산처럼 타오르는 분노를 억제했다.

그러나 피월려의 도발 솜씨는 이미 초고수의 경지에 오를 대로 오른 수준이었기에 방통이 마음을 다스리기까지는 오랜 시간이 걸릴 수밖에 없었다.

"이럴 수가… 정말로 선공하지 않는군. 위대한 소림파야, 역시!"

피월려는 다시 한번 조롱하며 방통의 마음에 불을 지폈다.

사실 시간을 끌면 끌수록 유리한 것은 피월려이기에, 이렇게 도발할 필요가 없었다.

하지만, 피월려는 분명히 보았다. 방통이 분노를 토해내면 토해낼수록 그의 안광이 흐려지는 것과 그의 기운이 누그러지는 것을.

그 뜻은 소림의 무공은 평정심을 유지하지 못하면, 그 위력이 약해진다는 것이다.

어찌 보면 당연한 논리다.

마음에 분노를 품고는 중도를 기본으로 한 소림 무공을 온전히 발휘할 수 없는 것이 당연하다.

피월려의 조롱에도 방통의 표정이나 눈빛은 차갑게 빛나기만 할 뿐, 전혀 흔들리지 않았다. 더는 분노에 마음이 휘둘러지지 않는 것이 확실했다.

방통은 봉을 두어 바퀴 왼쪽으로 돌린 뒤, 다시 앞을 찌르는 시늉을 하며 말했다.

"본 승이 시주에게 살계를 열 수밖에 없음을 이해하시오."

아까만 해도 네놈, 네놈 하던 그가 피월려를 시주라 칭하는 것부터 이미 그의 마음의 상태를 잘 표현하고 있었다. 피월려는 그가 곧 선공할 것임을 예상하고 몸의 투지를 불태웠다. 그러면서 용안으로 방통의 움직임을 머리카락 한 올까지 주시했다.

곧, 방통은 활시위를 떠난 화살처럼 빠르게 날아왔다.

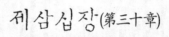

제삼십장(第三十章)

피월려의 눈썹이 꿈틀거렸다. 방통의 움직임에 한 가지 이상한 점이 있었기 때문이다.

빠른 속도를 갑자기 내려면 어떤 특정한 보법을 밟아야 정상인데, 방통은 자세를 유지하는 그대로 폭사되었다. 마치 무언가가 그의 뒤를 강하게 떠민 것 같았다.

도약하지 않고 자세를 유지하며 몸을 신묘하게 움직이는 보법.

그것은 소림파의 자랑이자, 중원에 단 하나밖에 없는 발을 쓰지 않는 보법, 금강부동신법(金剛不動身法)이었다.

피월려도 방통의 움직임을 보는 순간, 그 유명한 금강부동신법이 바로 이것이라는 것을 즉시 깨달을 수 있었다.

금강부동신법은 몸을 민첩하게 움직이는 무공임에도 보법이 아니라 신법이라 칭하는데, 이 이유는 바로 보법이라는 개념이 중원에 자리를 잡기도 전에 만들어진 아주 오래된 무공이기 때문이다.

그렇기 때문인지, 그 요체는 보법과 유사하지만 발을 사용하지 않는 것이 특징이었다.

그것을 시전하게 되면, 마치 시전자는 중심에 가만히 있고 이 세상의 만물이 이동하는 것처럼 느껴진다.

즉, 내가 움직이는 것이 아니라 세상이 반대로 움직이는 것이다.

이는 부동(不動)과 동(動)이 함께하는 모순을 불계의 논리로 풀어낸 극한의 묘리를 담고 있어 소림을 제외한 그 어떠한 문파에서도 모방할 수 없었다.

피월려는 빠르게 다가오는 방통을 보며, 이계에서 보았던 불상의 움직임을 떠올렸다.

마치 살아 있는 것이 아닌, 물건이 그대로 공중에 붕 떠서 다가오는 느낌이었다.

피월려는 왜 그 보법의 이름이 금강이며 부동인지 제대로 실감할 수 있었다.

평정심이 가미된 중도의 무공은 용안에게조차 어떠한 실마리도 제공하지 않았다.

그러나 피와 살로 된 인간이 완전한 부동을 이룰 수는 없다.

무공이 완벽하면 숙련도에서 약점을 찾으면 되는 것이다.

피월려는 방통이 대략 일 장 정도 떨어졌을 때에 처음으로 미세한 움직임을 볼 수 있었다.

봉을 잡은 왼쪽 손아귀에 힘이 들어가며 핏줄이 팽창했고, 그의 어깨가 움찔하며 관절이 돌아가기 시작한 것이다. 그의 오른쪽 다리는 앞쪽으로 움직였고 허리는 우상으로 돌아가기 시작했으며, 가장 중요한 그의 눈동자는 피월려의 오른쪽 어깨로 초점을 맞추었다.

피월려는 왼쪽으로 피했다.

쾅!

바닥이 산산조각 나며 깨졌다.

피월려는 자기도 모르게 숨을 멈췄다.

그는 결단코 방통의 봉 끝이 어떻게 움직였는지 알지 못했다.

용안을 통해 얻은 정보로 그가 공격하기 전에 공격을 예상한 것뿐이었지, 그의 공격을 본 것은 아니었다.

공격하기 전에 미리 피했기에 망정이지, 만약 조금만 여유를 부렸다면 그는 가차 없이 당했을 것이다.

피월려는 두 손으로 반격하려 했던 생각을 즉시 고쳐먹고, 오른손으로만 검을 휘둘렀다.

그와 동시에 허리를 숙이며 왼손으로 땅을 짚는 시늉을 했다.

패앵!

역화검이 방통의 봉에 부딪히며 또다시 공명음을 토해내었다.

방통은 봉을 잡은 오른손과 왼손의 사이로 피월려의 검을 막아낸 것이었다.

방통의 봉에 담긴 내력에 의해 또다시 엄청난 반발력을 느낀 피월려는 왼손에 힘을 주어 땅을 밀쳐내면서, 그 반발력에 순응하여 뒤로 멀리 떨어졌다. 강한 힘이었던 만큼 강한 속도를 냈고 방통의 두 번째 공격은 그가 밀려난 허공을 가르게 되었다.

부우우웅!

바람을 찢어놓는 소리를 귓가로 들으며 피월려는 안심했다. 방통은 피월려가 절대로 뒤로 빠지지 않을 것이라는 생각을 가지고 공중에 봉을 휘두른 것이다.

이는 이득이다.

내력을 잔뜩 실은 봉이 피월려를 맞추지 못한다면, 그 반발력은 방통이 고스란히 감당해야 한다.

방통은 빗나간 내력을 다스리느라 피월려의 뒤를 쫓지 못했다.

피월려는 자세를 다시 오른손으로 잡아 역화검을 방통에게 겨냥했다.

그런데 문득 그의 시야에 오른쪽 어깨에서 펄럭이는 천 쪼가리가 들어왔다.

피월려는 왼손으로 그것을 들춰 보았고, 그것이 방통의 처음 공격이 그의 어깨에 빗맞으며 만든 흔적이라는 것을 깨달을 수 있었다.

엄청난 속도로 내려찍는 봉에 휘감긴 내력이 옷의 어깨 부근을 찢어놓은 것이다.

"맞았군……."

방통은 부정했다.

"시주의 몸에는 맞지 않았소. 옷을 찢어놓은 것은 바람이외다."

방통의 말은 사실이다. 하지만, 피월려는 전혀 기분이 좋지 않았다.

"바람이라… 무림에서 언제부터 무기에 휘감긴 바람을 바람이라 칭했지? 그건 명백한 검기(劍氣)… 아니, 봉기(棒氣)겠군."

"봉기가 아니라 봉력(棒靂)이오. 봉(棒), 곤(棍), 창(槍)과 같이 상대적으로 긴 무기의 발경은 뒤에 기(氣)를 붙이는 것이 아니라 역(靂)을 붙이는 것이 맞소."

"흐음, 혹시나 해서 묻는데 그럼 상대적으로 짧은 무기의 발경은 어떻게 말하지? 장풍은 아는데, 권이나 각이 궁금해서 말이야."

"권, 각의 경우에도 장풍처럼 풍을 쓰오."

"오호, 그래? 역시 백도인들이 그런 쓸데없는 거에 확실히 체계적인 것 같아. 그럼 하나만 더 물어……."

"이제 곧 부처님에게 돌아가실 시주께서는 현세에 대한 미련을 갖지 않는 것이 좋을 것이오. 호기심까지 포함해서 말이오."

"……."

피월려는 쩝쩝거리며 입맛을 다셨다. 방통은 차가운 눈빛으로 그를 보며 갑자기 툭 내뱉듯 말했다.

"시주께서는 절대로 낙양흑검에 오염되어 마인이 된 자가 아니요. 그보다 훨씬 이전부터 마공을 익혀온 것이 틀림없소. 그렇지 않소?"

피월려는 흥미롭다는 듯이 미소 지었다.

"글쎄? 왜 그렇게 생각하지?"

"바로 전의 그 한 수… 그것은 마검에 마음이 빼앗긴 자가 생각할 수 있을 만한 고등의 수법이 절대로 아니었소. 온전한 정신으로 마치 바둑을 두는 것과 같은 냉철한 판단에서 나온 행동임이 분명하오. 그런데 보통 인간은 지독한 마기를 내뿜는 마검을 들고 그런 정신을 유지할 수 없소. 그렇다면 시주가 본래 마인이라는 뜻이 아니겠소?"

"그래서?"

"간단하오. 시주의 육신에 마검의 마기가 스며든 것이 아니라 육신 자체에 마기의 원천이 있다는 뜻이오. 만약 그렇다면 미처 생각하지 못했던 소림의 무학을 통해 전보다 더 쉽게 시주를 상대할 수 있소. 외공이 아니라 불심을 기반으로 한 내공으로 말이오."

피월려는 웃음을 숨기지 않았다.

"크, 큭. 으하하. 대단하군, 대단해. 그래서 이제부터는 항마적인 무공을 쓴다 이거지? 그런데 말이야. 남을 탐색할 땐 자기도 탐색당한다는 거 몰라?"

"무슨 뜻이오?"

"이번엔 내가 알아낸 것을 들어보겠어?"

방통은 눈동자가 순간적으로 빛났다.

"무엇이오?"

"네놈은 어느 순간부터 계속 나를 시주라 칭하며 어투도 정중하게 바꿨지만, 그 짓거리들은 모두 평정심을 유지하기 위한 개지랄이라는 것이야. 그리고 그 평정심은 불계의 무공에 있어 절대적인 영향을 미치는 것이고."

방통은 그의 말을 듣고는 얼굴에 작은 미소를 그렸다.

"본 승이 금강부동심공(金剛不動心功)을 일으키는 순간부터 시주의 어떠한 도발도 본 승의 평정심을 흐릴 순 없소. 더 도발하여 내 평정심을 깰 생각이라면 거두시는 것이 좋을 것이오."

"글쎄. 시도도 하지 않고 그냥 그만할 수는 없지 않은가?"

"금강부동심법은 내 평생 수련해 온 것으로 절대 쉽게 깰 수 없을 것이오. 장담하오."

피월려는 여전히 미소를 거두지 않았다.

"흠… 좋아. 시험해 보지."

피월려는 슬쩍 고개를 왼쪽으로 돌렸다. 그 모습에서 뭔가 이상한 자신감을 느낀 방통은 그의 시선을 따라가 보았고, 그 곳에서 선혈이 낭자한 열 구의 시신을 볼 수 있었다.

피월려는 반 장 옆에 있었고, 방통은 적어도 오 장은 떨어져 있었다.

이 상황이 이해된 방통은 순간 엄청난 생각이 뇌리에 스쳐 말을 입 밖으로 꺼내지 않을 수 없었다.

"그래서, 그쪽으로 도약한 것인가……."

피월려는 방통이 말을 끝마치기도 전에 역화검을 마구잡이로 다루며 십계십승의 시신을 난자했다.

역화검의 예리함과 극양혈마공의 괴력은 몇 번의 칼질만으로도 누구의 팔이 누구의 것인지, 누구의 다리가 누구의 것인지도 알 수 없을 만큼 참혹한 광경을 연출했다. 피월려는 마지막으로 벤 두 머리를 우악스럽게 집고는 방통을 향해 집어던졌다.

한 머리에서는 잘려 나간 코에서 뇌수를 흘려보냈고, 다른 머리에서는 잘린 목으로 빨갛고 뿌연 것이 쏟아져 나왔다.

"어때? 금강부동심공은 잘돼가?"

방통은 절규했다.

"이 씹어먹을 마졸 따위가!"

피월려는 자기를 향해 미친 듯이 달려오는 방통을 보며 전신에 마기를 폭사시켰다. 평정심의 평 자도 찾아볼 수 없는 방통의 육신에서는 더는 마기를 잡아먹은 항마(抗魔)의 기운이 전혀 느껴지지 않았기 때문에 마기를 내뿜는 데 전혀 걸림돌이 없었다.

그러나 그렇다고 방심할 수는 없었다.

소림의 십팔나한은 내공뿐만 아니라 외공도 극한으로 익힌 절정고수이다.

소림의 특색이 느껴지는 그 항마의 기운은 사라졌지만, 몸에 담긴 전신 내력과 무술 실력까지도 사라진 것은 절대로 아니다.

게다가 시간이 지나면 지날수록, 서서히 평정심을 되찾을 것이다.

이 기회를 놓치지 않고 최대한 빨리 끝내야 한다.

피월려는 용안으로 그의 공격을 살피며 최대한의 효율을 내는 방안을 찾았다.

분노에 눈이 멀었는지 너무 빤하게 정면으로 공격해 오고 있었지만, 그 속에는 그만큼 혼신의 위력이 담겨 있었다. 그리고 변칙적인 공격이 많은 봉의 특성상, 단순히 회피한다고 해서 완전히 피했다고 생각할 수 없었다.

피월려는 내키지 않는 마음으로 역화검을 왼손으로 바꾸어 잡은 뒤, 검을 들어 올려 방통의 봉격을 방어했고 방통은 속으로 회심의 미소를 지으며 공격을 멈추지 않았다.

아무리 자기보다 몇 단계 하수라도 혼신의 내력이 담긴 공격은 막지 않고 피해야 한다.

그런데 동급이라 생각되는 피월려가 회피하지 않고 방어하려 하니, 방통의 입장에서는 승부를 잡았다고 생각할 수밖에 없었다.

패— 앵!

방통의 막대한 내력이 역화검을 통해 왼손에 느껴지기 시작했다.

피월려는 억지로 모든 마기를 왼손에 집어넣고, 그 모든 충격을 감당하게 하였다.

우지근!

피월려의 왼쪽 손목과 팔, 그리고 팔꿈치가 동시에 부러지면서 방통의 봉에 실린 내력을 어느 정도 막아내었다. 극양혈마공의 마기가 집중되었으나, 절정고수의 혼신이 담긴 공격을 팔 하나로 막기에는 역시 부족함이 있었다.

그 대신 피월려의 다른 부위는 방통의 내력으로부터 자유로웠다.

그 예로, 방통의 단전을 뚫고 들어가는 피월려의 오른손에는 조금의 빈틈도 찾아볼 수 없었다.

살을 내주고 뼈를 취해야 한다.

"크아악!"

방통은 제2의 심장과도 같은 단전이 깨어지며 그의 혈맥은 모조리 타격을 받았다.

그는 구멍이란 구멍으로 새빨간 피를 내뿜으며 그대로 쓰러졌다.

피월려 역시 부러진 왼손에서 역화검을 떨어뜨리고 신음을 토하며 옆으로 쓰러졌다.

피월려는 확 주저앉은 채 괴상한 각도로 꺾인 왼팔을 들어

보였다.

"아, 젠장. 생각보다 너무 아프군."

몸에 이상을 느낀 극양혈마공의 마기가 그 주인의 투정을 들었는지 곧 그의 왼팔에 모여들어 고통을 완화했다. 하지만 그렇다고 뼈가 작살난 수준의 고통이 말끔히 사라지는 것은 아니었다.

피월려는 얼굴을 찡그리며 무심코 방통을 보았다.

피월려는 곧 죽음을 권장하는 저승사자를 본 듯이 얼굴이 하얘졌다.

죽기 일보 직전인 채로 땅에 뻗어 있어야 할 방통이 누런빛을 감싼 손날로 피월려의 목을 찌르고 있었기 때문이었다.

손톱에 낀 때까지 보일 정도로 가까운 거리였고, 누런빛에서 뿜어지는 뜨거움은 그것이 강기(罡氣)임을 시사하고 있었다.

과거 진파진이 그랬던 것처럼, 방통 또한 선천지기(先天之氣)를 폭발시켜 회광반조(回光返照)를 통해 피월려를 저승의 길동무로 삼을 수 있는 마지막 한 수를 날린 것이다.

그것은 회피할 수도 막을 수도 없었다.

피월려는 눈앞에 죽음이 다가오는 것을 보았다.

뿌직! 뿌지직!

그때 갑자기 고기가 터지는 듯한 소리가 들렸다.

그와 함께 피월려는 눈앞에 쏟아지는 핏덩이와 고깃덩어리들을 한껏 만끽해야 했다. 냄새가 지독했지만, 그래도 죽음보다는 훨씬 좋았다.

상황이 판단되지 않던 피월려는 더러워진 얼굴을 양손으로 쓸어내리며 서서히 목을 움직였다. 그리고 그의 눈에 익히 익은 한 사람이 포착되었다.

"미, 미내로 대주님?"

미내로는 언제나처럼 딱하다는 눈빛으로 피월려를 내려다보고 있었다.

그녀가 집고 있던 미내로의 지팡이에서 붉은빛이 점차 수그러들었다.

그렇게 빛에 가려진 미내로의 참모습이 서서히 보이기 시작했다.

펄럭이는 옷깃은 중원의 양식에서는 찾아볼 수 없는 특특한 아름다움을 뿜어내었고, 그 위에 새겨진 각종 특이한 무늬 또한 그 아름다움에 고귀함을 더했다. 주름진 얼굴에 그려진 뒤틀린 미소는 뿌리 깊은 거만함을 대신했고, 생명 없는 눈빛은 마법사의 냉철함을 대변했다.

전에는 볼 수 없었던 화려한 복장에 피월려는 감탄하지 않을 수 없었다.

"아름답습니다."

미내로는 피월려의 진심 어린 칭찬을 코웃음을 치며 무시했다.

"별거 아니다. 내 그릇보다 많은 것을 담기 위해서, 어쩔 수 없이 걸친 겉치레에 불과하다. 그나저나, 아슬아슬하게 잘 도착한 듯하구나. 그 순간에 방심하다니 네놈답지 않았어."

피월려는 그제야 미내로가 그의 목숨을 살려준 것을 깨달았다.

방통의 육신이 아무런 일도 없이 갑자기 터질 리는 만무할 터. 분명히 미내로가 어떤 마법을 사용하여 방통을 죽인 것이다.

미내로는 곧 그에게 다가와 지팡이를 들이밀었다.

그러자 보랏빛이 뿜어지며 그의 왼팔을 감싸 안았는데, 눈깜짝할 사이에 고통이 모두 사라지며 부러진 뼈가 제자리를 찾았다.

피월려는 미내로의 치료 마법에 잠시 정신을 빼앗겼다가 곧 포권을 취했다.

"생명을 살려주셔서 감사합니다. 몇 번인지 모르겠습니다."

미내로는 지팡이를 거두며 방통에게 시선을 던졌다.

"저딴 놈 때문에 내 제자에게 피해가 가는 것을 방관할 수 없었던 것뿐이다. 네놈은 마음 쓸 것 없다."

미내로의 말은 피월려가 죽음으로써, 짝을 잃어버린 진설린의 극음귀마공에 이상이 생기는 것을 원치 않았다는 것이지 피월려를 위해서 그런 것은 아니라는 뜻이었다. 그러나 결과적으로 미내로 때문에 생명을 연장하게 된 피월려는 그녀의 퉁명스러운 대답에도 전혀 마음이 상하지 않았다.

"이유야 어찌 됐든, 제 생명의 은인인 것은 맞습니다. 꼭 보답하겠습니다."

"서화능도 네놈의 생명의 은인이지."

"……."

"젊을 때 모순을 마음에 품게 되면 인생에 답이 없어진다. 모순이란 원래 그런 것이 아니더냐? 모든 것을 떠나, 인생의 선배로서 충고하는 것이니 명심해라."

피월려는 아무런 대답도 하지 못했다. 쓰디쓴 감정이 마음속에서 벅차올랐지만, 그것은 분출구를 찾지 못하고 속에서 맴돌았다.

잠시 동안 애써 그것을 떨쳐낸 피월려는 고깃덩어리로 변한 방통에게 다가가 그의 시신을 이리저리 살펴보는 미내로를 향해 낮은 어조로 물었다.

"어르신께서는 이곳으로 어떻게 오신 겁니까? 마법입니까?"

미내로는 방통의 해골로 예상되는 것을 한 손으로 들치면서 그 속을 지팡이로 툭툭 건드렸다. 그녀는 그것을 자세히 살피며 대답했다.

"그럼 뭐겠느냐?"

"공간을 이동하는 공간술이군요."

"그거와는 다르지. 소림파는 너무나 오래전부터 불계의 영역으로 다져진 곳이기 때문에, 평범한 공간술로 이곳에 들어올 수는 없다. 때문에, 내가 귀찮은 방법을 동원하여 네게 내 지팡이를 주었던 것이지."

"아, 제게 지팡이를 주었던 것과 이곳에 올 때 사용하던 마법이 관계가 있습니까?"

"이 지팡이는 나의 분신과도 같은 것이다. 이 지팡이 없이 마법사 미내로를 논할 수 없지. 내가 사용한 마법은 이 지팡이가 있는 곳으로 내 육신을 전송하는 마법이었다. 나와 지팡이는 존재 자체가 연결되었다 못해 결합한 상태니 가능한 것이지."

"공간술보다 더 상위에 있는 마법인가 봅니다."

"위아래를 떠나 그냥 다른 마법이다. 나 혼자만 움직이는 것치고 까다롭다는 점에서 아래이지만, 차원까지도 초월할 수 있다는 점에서는 위겠지. 흠… 생각보다는 그리 뒤틀려 있지 않군. 다행이야."

미내로는 방통의 시신을 살피는 것을 그만두고 자리에서 일어나 참회동의 중간 지역으로 걸어갔다. 피월려는 그녀를 뒤

쫓아갔다.

피월려가 물었다.

"저, 어르신? 저는 이제 무엇을 하면 됩니까?"

"뭐 하긴 뭐 해, 가서 망이나 봐라. 누가 오면 죽여라."

"알았습니다. 그럼 어르신께서는?"

"내가 여기에 온 목적을 이뤄야겠지. 뭐 하냐? 가서 망보라니까."

"아, 네."

미내로는 갑자기 지팡이를 번쩍 들며 눈을 감고 주문을 읊기 시작했다.

피월려는 그녀가 명한 대로 서둘러 입구로 달려가서 밖의 기척을 살폈다.

그러나 소림파에서도 별로 찾는 이가 없는 참회동에 갑자기 누가 찾아올 리 만무했다.

피월려는 벽에 반쯤 기댄 상태로 미내로를 보았다. 그녀의 지팡이에서 붉은빛이 일정한 간격으로 일렁이는 것을 제외하면 별다른 점도 없었기에, 피월려는 하품을 하며 지루한 시간을 보냈다.

일다경 정도가 흘렀을까?

미내로의 지팡이에서 붉은빛이 갑자기 사라졌다. 그리고 찰나 후, 공간을 일렁이는 빛의 파도가 그녀의 지팡이에서부터 소림파 전체로 뻗어나갔다.

부— 웅!

귀로 들리는 소리는 없었지만, 마음을 일렁이는 소리가 들렸다.

그와 동시에 피월려는 극양혈마공의 마기가 점차 육신 밖으로 흘러나오려고 하는 것을 느꼈다. 일전을 앞에 둔 것도 아니고 투지를 불태운 것도 아니거늘, 이상하게 극양혈마공이 꿈틀거렸다.

피월려는 미내로의 지팡이에서 뿜어진 그것이 어떠한 영향을 미쳤다고 생각했다.

"어르신, 괜찮으십니까?"

미내로는 눈을 떴다.

"왜? 무슨 일 있느냐?"

"아닙니다. 그냥 갑자기 마기가 자극을 받은 듯하여 물은 것뿐입니다."

"그건 별로 걱정하지 않아도 된다. 소림파의 청량한 기운을 억누르는 필드(Field)를 만든 것뿐이니까. 이제 슬슬 본 마법을 읊어야지. 적어도 반 시진은 걸릴 테니 좀 더 부탁한다."

"알겠습니다. 그런데 소림파의 고승들이 이 기류의 변화를 감지하지 못하겠습니까?"

"필드 마법의 특성상 그 근원을 파악하긴 매우 어렵다. 아마 반 시진 안에 누가 찾아오는 일은 없을 것이야."

미내로는 그렇게 말한 후, 다시 눈을 감고 마법을 읊기 시작했다.

이번에는 육안으로 봐도 사이하기 짝이 없는 혼탁한 기운이 그녀의 지팡이에서 일렁였다.

초록빛과 검은빛이 뒤섞인 것이 살결이 닿으면 그대로 녹아 버릴 것 같은 기분이 들었다.

그 기운은 거미가 거미줄을 내뿜듯, 땅 아래로 수백 개의 빛줄기가 쏟아졌다. 각 빛줄기는 바닥에 솟아 있는 대롱의 끝에 연결되었다.

피월려는 그 모습을 보며 미내로가 무슨 마법을 시전하려 하는지 예상할 수 있었다.

미내로는 시체를 다루는 마법사이며, 참회동 바닥에 묻힌 자 중 시체가 된 자 또한 상당수일 테니 그들을 강시로 만들려는 것이 분명했다.

하지만 피월려는 강시라는 것이 이렇듯 반 시진 만에 뚝딱 만들어낼 수 있는 것이라고는 생각하지 않았다. 그는 어떤 일이 벌어질까 내심 기대하면서 미내로가 마법을 시전하는 것을 수시로 힐끗 보았다.

그렇게 또다시 지루한 반 시진이 흐르자, 미내로의 지팡이에서 초록빛이 폭발하듯 굉음을 내며 강렬한 빛을 내뿜었고, 그 빛은 수백 개의 대롱에 연결된 빛줄기를 타고 그 속으로 흘러들어 갔다.

그리곤 쥐죽은 듯 조용한 침묵이 이어졌다. 미내로는 힘없이 지팡이를 아래로 내리며 고개를 떨어뜨렸다. 그녀는 미동도 하지 않았다.

"미내로 대주님?"

피월려는 걱정 어린 어조로 물었다. 그러나 미내로는 그 물음에도 대답하지 않았다. 피월려는 미내로를 상태를 살피기 위해서 걸음을 옮겼다.

푹!

괴상한 소리에 피월려의 발이 우뚝 멈췄다. 그는 얼음이 된 듯이 그 자리에 몸을 고정한 채로, 고개를 느리게 돌려 소리가 난 곳을 보았다.

그곳에는 땅을 뚫고 올라온 손뼈가 보였다.

"……."

그것은 시작에 불과했다.

푹! 푸부북!

쿵! 쿠쿵!

사방에서 손이 땅을 뚫고 올라왔다.

비교적 멀쩡한 손부터 살이 썩어 들어간 손, 그리고 오로지 백골로만 이뤄진 손도 있었다. 그리고 손을 시작으로 시체들이 바닥에서 기어올라 왔다. 그것은 괴기함을 떠나 공포스러웠다.

피월려는 파르르 떨리는 다리를 손으로 들면서 겨우 입구쪽으로 걸어갈 수 있었다.

육안으로 보면서도 믿기지 않는 이 광경은 그에게 참을 수 없는 기이한 감정을 주었다. 그는 떨리는 목소리로 중얼거렸다.

"세상에……."

그렇게 참회동은 땅에서 솟아난 시체들로 가득 찼다. 늙은 노인으로 보이는 시체를 마지막으로 그들은 모두 자기가 한때 묻혀 있었던 그 땅 위에 두 발로 섰다. 그리고 갑자기 그들이 동시에 입을 벌렸다.

그 속에서 회오리치는 듯한 초록색 빛줄기가 다시금 미내로의 지팡이의 끝으로 폭사되었다.

그 초록빛은 한데 모여 미내로의 몸을 감싸 안으며 회오리를 일으켰다. 그러자 그 바람에 미내로의 육신이 공중에 붕하고 떠올랐다.

미내로는 눈을 번쩍 떴다. 그러자 오금이 저리는 초록빛의 안광이 그 눈에서 뿜어졌다.

그 두 눈 속의 초록색 눈동자는 마치 먹이를 찾는 곤충의 머리처럼 무작위로 움직였다.

"이 정도면 괜찮군."

미내로는 나지막하게 중얼거리며 지팡이를 획 한 번 저었다.

그러자 수백 개의 시체 중 상당수가 갑자기 힘을 잃어버리고 땅에 아무렇게나 내팽개쳐졌다. 그리고 그들의 입에서 초록빛의 기운이 다시 미내로에게 흡수되었다.

미내로는 고개를 끄덕거리며 만족감을 표현했다. 그녀는 지팡이를 있는 힘껏 높게 들었다가 대지를 깨뜨릴 듯이 아래로 찍었다.

쾅!

참회동에 폭음이 울렸고, 초록빛을 입에 머금은 시체들이 서서히 움직이기 시작했다. 그들의 걸음은 모두 피월려로 향했다.

"뭐, 뭐야! 왜……."

시체 군단이 다가오는 것을 본 피월려는 허둥지둥하며 후딱 옆으로 비켜섰다.

그러자 시체들은 그를 완전히 무시하며 그가 비킨 입구를 통해서 밖으로 나가기 시작했다.

그르르. 그르르.

고약한 냄새와 더불어 낮은 저음의 소리를 내는 것이 얼굴을 절로 찡그리게 하였다.

그렇게 마지막 시체까지 모두 밖으로 나가자 미내로는 피월려를 손짓하며 불렀다.

"다 됐다. 이리 오너라."

피월려는 이마에 난 식은땀을 닦으며 그녀에게 걸어갔다.

"저들은 어디로 가는 겁니까?"

"어디로라… 그건 명령에 포함되지 않는다. 내가 내린 명령은 반경 십 리를 돌아다니며 너와 나를 제외한 눈에 보이는 모든 인간을 살해하라는 것이지."

"그렇다는 뜻은, 저들로 소림파와 전면전을 일으키신다는 말입니까?"

"저들 중에는 자기 세대에 손가락으로 꼽히는 마인도 있고, 고금을 통틀어서 손가락 안에 꼽히는 대마두도 있었다. 머리가 빈 강시이기 때문에 무공의 위력 자체는 줄어들지만, 저것만으로도 엄청난 혼란을 초래할 것이다. 그리고 나머지는 교주와 흑룡대가 알아서 하겠지."

피월려는 이제야 이해가 간다는 듯 표정을 지었다.

"이것이었군요."

"뭐가?"

"이번 임무 말입니다. 소림파를 치려는 것이었군요. 내부에서부터 혼란을 가중하면서……."

"맞다."

"……."

"왜?"

"아닙니다. 그냥, 목적이라 생각했던 것이 항상 빙산의 일각이라는 생각이 들어서 말입니다."

"클클클."

"백도의 중추인 소림파를 공격하신 것을 보면, 교주님께서는 정말로 흑백대전을 생각하신 듯합니다."

"백도가 판을 치는 이 낙양에 지부를 설립한 때부터 생각한 것이겠지."

"그렇군요. 오늘을 기준으로 소림파가 무림 역사에서 사라지게 된다니 정말 믿을 수가 없습니다."

"클클클."

피월려는 어깨를 들썩였다.

"뭐, 더 이상 제가 상관할 일은 아니니까요."

미내로도 미소를 지었다.

"그렇지. 그럼 슬슬 돌아가자꾸나. 공간 마법은 쉬우니 곧 끝날 것이다."

"아, 아깐 안 된다고 하시지 않으셨습니까?"

"필드 마법을 기억하지 못하느냐? 불계의 기운을 억제한다고……."

"……."

"내가 무슨 소리를 하는지 못 알아들은 게로군."

"솔직히 말하면 그렇습니다만."

"됐다. 그냥 입 다물고 있어라."

"……."

미내로는 눈을 감았다.

*　　　　*　　　　*

미내로의 공간 마법으로 묘장으로 돌아온 피월려는 하루 온종일 굶주렸던 배를 미내로가 준비한 서양식 음식으로 채 웠다.

맛은 그리 좋지 않았지만, 배고픔은 최고의 조미료가 되었 다.

그렇게 배를 모두 채운 피월려는 역화검을 내려놓으며 말했 다.

"어르신, 혹시 제 검을 여기다 두고 가도 되겠습니까?"

"왜?"

"검의 기운이 상당히 강력해서 주변에 시선을 끌까 하여 그 렇습니다만."

"하긴, 그 마기가 거슬리기도 하겠지. 그렇게 해라. 하지만,

잠시만이다."

"감사합니다."

피월려는 포권을 취하고는 곧 묘장을 나서려 했다. 그런데 그런 그를 미내로가 제지했다.

"잠깐, 혹 지부로 돌아가려는 것이냐?"

"예, 그렇습니다만."

"그러면, 이쪽으로 와라."

"이쪽이라 하심은?"

미내로는 집구석으로 걸어가 천장에 매달려 있는 어떤 동아줄을 잡아당겼다.

그러자 그 아래 바닥이 비스듬히 열리면서, 비밀 통로처럼 보이는 곳이 나타났다.

"지부로 이어진 통로다. 린 아가 밖에서 거동하기 어려워하기에, 내가 하나 만들어달라고 부탁했지."

피월려는 어안이 벙벙했다.

"방도 뚝딱하고 만들더니 입구도 뚝딱하고 만드는군요."

"그게 무슨 소리냐?"

"아닙니다. 그럼 이곳으로 내려가면 지부가 나오는 것입니까?"

"그렇다."

"알았습니다. 그럼 가보도록 하겠습니다. 제 검을 잠시만 부탁합니다."

미내로는 의자에 앉아 그를 보지도 않고 손을 살짝 흔드는 것으로 인사를 대신했다.

피월려가 가파른 계단으로 이뤄진 통로를 통해서 아래로 내려가자, 일정한 간격으로 야명주가 천장에 박힌 채 주위를 밝혔다.

그렇게 계단을 모두 내려가고 평지가 나왔을 때, 한 야명주 아래에서 나무 의자에 앉아 책을 읽고 있는 한 여인이 보였다.

피월려는 그 여인의 얼굴을 보고 경계를 풀었다.

"주 소저?"

주하는 피월려의 목소리를 듣고 책에서 눈을 뗐다.

"이제 오십니까? 생각보다 빨리 오셨군요."

말을 들어보면 지금까지 피월려를 기다린 것이다. 피월려는 조심스럽게 물었다.

"여긴 어쩐 일이오?"

"피 대원을 기다렸습니다."

"나를?"

피월려는 손가락을 들어 자기 가슴을 가리켜 보이며 놀란 듯 말했다.

주하는 책을 옆에 내려놓으며 말했다.

"네."

"……."

"왜 그러십니까?"

"아니, 그냥… 그런데 오래 기다리셨소?"

"어제 낮에 헤어진 이후로 지금까지 기다렸습니다만."

주하는 시종일관 태연한 목소리로 일관했다. 피월려는 주하에게 무슨 이상이 없나, 위아래로 훑어보았다.

"거의 만 하루가 아니오?"

"지금까지 대략 여덟 시진이니 만 하루와는 네 시진의 차이가 있습니다."

"그래도 그렇지… 왜 그리 기다린 것이오? 무슨 급한 일이 있었소?"

"급한 일은 없었습니다만. 그런데 왜 그리 놀라시죠?"

"상식적으로 한자리에서 여덟 시진을 기다렸다고 하면 당연히 놀라지 않을 수가 있소?"

"그것이 상식입니까?"

"……."

"피 대원?"

피월려는 혀를 내두르며, 고개를 도리도리 저었다.

"아무것도 아니오."

"괜찮으십니까?"

"괜찮소. 아니… 그건 내가 할 말이오. 주 소저야말로 괜찮은… 아니오. 관둡시다."

처음으로 주하의 표정이 변했다. 마치 정신이상자를 보는 듯한 눈빛이었다.

"피 대원? 정말로 괜찮으십니까?"

피월려는 머리가 아파져 오는 것 같았다. 그는 이 문제를 그냥 홀로 마음속에 묻어버리기로 했다.

"괜찮소. 그나저나 기다린 이유라도 들읍시다."

주하는 피월려를 위아래로 훑어보며 그의 상태를 확인했다. 그러면서 나지막한 목소리로 말하기 시작했다.

"피 대원을 소림파에 침투시키는 작전은 교주님의 즉흥적인 작전이었습니다. 지부에서는 통보받은 것이 없었죠. 이대주께서는 피 대원께서 돌아올 경우, 즉시 보고하라고 하셨습니다. 미내로 대주님께 물어보니, 오늘 아침에나 돌아올 것이라고 하면서 여기서 기다리면 자연히 만나게 될 것이라 했습니다. 그래서 기다린 것입니다."

"그렇다고 어떻게 여덟 시진을 한자리에서 기다릴 수 있소?"

"여덟 시진이 아니라 여드레도 가능합니다만?"

"아……."

피월려는 이해했다.

주하는 천마신교에서 양육된 살수다. 태생부터 대기하는 훈련은 수도 없이 받았을 것이고, 여덟 시진은 우스울 정도로 쉬운 축에 속할 것이다.

주하가 말했다.

"한 가지 물어볼 것이 있습니다. 혹 피 대원께서는 여기서부터 어떻게 가야 방으로 돌아갈 수 있는지 아십니까?"

"……."

피월려는 걸음을 멈칫할 수밖에 없었다.

천마신교 낙양지부의 진법에 해박하지 않은 피월려는 겨우 아는 곳에서 아는 곳으로만 움직일 줄 알았지, 이런 새로운 입구에서 어떻게 움직여야 하는지는 전혀 알지 못했다.

주하는 보일 듯 말 듯한 비웃음을 흘렸다.

"그러실 줄 알았습니다. 따라오십시오."

피월려는 그 비웃음을 분명히 보았다. 그러나 그는 이렇다 할 반박을 하지 못하고 그녀의 뒤만 졸졸 따라다닐 수밖에 없었다.

그들은 곧 방 앞에 도착할 수 있었다.

"들어가십시오. 진 소저께서 기다리셨을 겁니다."

"주 소저도 들어가시오."

주하는 고개를 살짝 끄덕인 뒤, 피월려의 눈앞에서 안개로 변했다. 피월려는 방문을 열고, 안으로 들어갔다.

익숙한 얼굴들이 그를 반겼다.

"어! 안녕하세요, 아저씨!"

"오셨어요?"

피월려는 쪼르르 달려온 흑설을 두 손으로 안아 들었다.

"잘 있었니?"

흑설은 배시시 웃으며 품 안에 안고 있던 아루타를 피월려의 얼굴에 보란 듯이 내밀었다.

"잃어버렸던 아루타가 다시 돌아왔어요! 헤헤헤."

"아, 언제 잃어버렸었어?"

"네! 어젯밤에 갑자기 사라졌는데, 오늘 아침에 보니까 다시 있었어요!"

"그래? 그거 잘됐구나."

피월려는 별 감흥이 없었지만, 최대한 관심이 있는 척하며 그녀를 땅에 내려놓았다.

그러자 흑설은 아루타를 안아 들고 다시 자기 방으로 쪼르르 달려갔다.

그 모습을 흐뭇하게 보던 피월려의 얼굴을 누군가 양손으로 잡고 확 돌렸다.

"린 매?"

진설린은 말없이 피월려의 얼굴을 조목조목 살폈다.

"극양혈마공은 어때요? 괜찮아요?"

진설린은 그의 상태가 걱정되는지 초조한 목소리로 물었다. 피월려는 낮고 따뜻한 목소리로 그녀를 안심시켰다.

"괜찮은 듯하오. 임무 중에 양기가 부족하고 음기가 충만한 곳에 있었던지라 별로 자극을 받진 않은 듯하오."

진설린의 고운 이마에 한 줄기 핏줄이 꿈틀거렸다.

"양기가 부족하고 음기가 충만한 곳이라… 거기가 어딘데요?"

진설린은 최대한 차분하게 말하려 했지만, 피월려는 그녀의 말에 짙게 깔린 차가움을 느꼈다.

"아, 오해하지 마시오. 음기가 많다는 뜻은 여자가 많았다는 것이 아니라, 땅속을 이야기한 것이니."

"흥! 나는 그런 말 한 적 없는데요? 뭔가 찔리시나 보네요?"

피월려는 힘없는 미소를 지었다.

"아닌 것 잘 알잖소. 하하하."

"흠… 알았어요. 그래도 위험할지 모르니까, 욕실로 가요."

진설린은 지나가는 투로 말했지만, 피월려가 확실히 볼 수 있게 한쪽 눈을 찡그렸다.

피월려는 떨떠름한 표정을 지으며 턱으로 흑설의 방을 가리켰다.

"지, 지금 말이오?"

"어서요."

"······."

"왜요? 혹시 음기가 충만한 곳에서 모두 쏟아······."

"아하하하··· 왜 그러시오? 아니라고 하잖소."

"그럼, 왜요?"

"아, 아무것도 아니오. 가, 가십시다."

진설린은 도도하게 눈길을 돌리며 먼저 욕실로 들어갔다. 피월려는 그 뒷모습을 보며 이상하게 그녀가 두려워지기 시작했다.

시간이 흐르고, 피월려와 진설린은 욕실에서 나왔다. 피월려가 새 옷으로 갈아입으려 하는데, 따뜻한 이불 속으로 몸을 숨긴 진설린이 갑자기 머리를 쏙 내밀고 말했다.

"아참! 잊어버리고 말 못 했는데. 바로 전에 소군 오라버니가 다녀가셨어요."

피월려는 새 옷을 입다 말고 고개를 홱 돌렸다.

"아, 그렇소? 얼마나 전에 왔다 갔소?"

피월려의 표정이 갑자기 환해졌다.

욕실에서보다도 더욱 밝아진 듯하여 진설린은 새침하게 한쪽 볼을 부풀렸다.

왠지 굉장히 마음에 들지 않았다.

"누가 무림인 아니랄까 봐. 욕실에서도 그런 표정을 안 짓더니··· 소군 오라버니랑 대련이 그렇게 좋아요?"

피월려는 머쓱하게 헛웃음을 지었다.

"아, 그것이 아니고……."

"됐어요. 제가 임무 때문에 밤새 돌아오지 않았다고 말하니까, 피곤한 상대랑 대련하고 싶지는 않다고 하던데요. 흥이 떨어진다나?"

피월려의 눈에서 실망감이 스쳐 지나갔다.

"아, 그렇소? 혹시 연무장으로 향하지는 않으셨소?"

"그러는 것 같았는데… 설마 이대로 가보시게요?"

피월려는 새 옷을 서둘러 다시 입기 시작했다.

"잠은 충분히 잔 상태요. 게다가 음양합일을 통해서 지금은 어느 때보다 상태가 좋으니 대련을 하는 데 별로 무리가 없을 듯하오."

"그래서요? 나가게요?"

"한번 연무장에 가보기는 해야겠소."

"아직 아침도 드시지 않으셨잖아요?"

"묘장에서 먹었소. 그럼 잠깐 다녀오겠소."

피월려는 결국 대충 옷을 걸쳐 입고는 급하게 방을 나섰다. 그의 발걸음에 무참히 짓밟힌 인형들이 바람 빠지는 듯한 작은 비명을 질렀지만, 그는 눈 하나 깜짝하지 않았다.

진설린은 피월려의 눈동자에서 빛나는 투지를 보며, 과거 황룡무가에서 보았던 무사들이 떠올랐다.

그녀는 남자들이 저런 눈빛을 띠고 있을 때는 어떤 말도 귀에 들어가지 않는다는 것을 경험을 통해 잘 알고 있었다.

"다녀오세요……."

진설린의 예상대로 피월려는 그 말을 들은 체도 안 하고 밖으로 나가 버렸다.

한동안 그 빈자리를 슬픈 눈빛으로 바라보던 진설린은 곧 앞에 있던 애꿎은 인형을 집어 들어 투정부리듯 땅에 집어 던졌다.

＊   ＊   ＊

탁! 타악!

나무와 나무가 부닥치는 둔탁한 소리가 연무장의 밖에서도 들렸다.

피월려는 주소군이 그곳에 있기를 희망하며, 그의 상대가 누구일지도 궁금해졌다. 나지오일까? 천서휘일까? 주소군의 실력을 생각하면 누가 되었든 간에 옆에서 지켜보는 맛이 상당할 것이다.

연무장에 다가가면 갈수록, 연무장의 천장에서 내리쬐는 햇볕이 복도의 어둠을 물리쳐 주변이 점차 환해졌다.

탁! 탁!

첫 번째 타격음이 끝나기도 전에 두 번째 타격음이 울렸다. 눈으로 쫓기 어려울 정도로 숨 가쁜 공방이 오가는 것이 분명했다. 피월려는 더욱 발걸음을 급히 움직였다.

"피월려?"

누군가 피월려의 이름을 불렀다.

피월려는 한 기둥에 몸을 기울인 채로 고개만 살짝 돌린 나지오를 보았다. 작은 키와 두 자루의 긴 장검, 그리고 동안은 여전했다.

"오랜만입니다?"

"오랜만은 무슨. 그런데 너도 주소군하고 단시월의 비무를 보러 온 거야?"

피월려는 단시월이란 이름에서 의문을 느꼈다.

그는 사대주인 소오진 아래에 속한 유일한 사대원이었다. 그러니 지마급 마인인 주소군과는 실력 차이가 날 수밖에 없다.

일류와 절정 사이에는 비무가 성립되지 않을 정도로 엄청난 차이가 있다.

마교에서도 삼류, 이류, 일류를 모두 인마라 칭하지만, 절정만큼은 지마라고 나누는 이유도 여기에 있다. 절정이란 가진 잠재력을 모두 활용하여 한계에 다다랐다는 것이므로, 일류보다 모든 면에서 우수하면 우수하고 동등하면 동등했지, 떨어지는 부분이 없다. 차이가 적고 많음을 떠나서 완성과 불완성의 차이이다.

피월려는 묻지 않을 수 없었다.

"단시월? 그가 주소군과 비무하는 중이오?"

나지오는 손은 뻗어 연무장을 가리켰다.

"눈으로 직접 봐봐."

그가 가리킨 곳에는 의심할 여지없이 주소군과 단시월이 서로 공방을 주고받고 있었다.

주소군은 평범한 나무검을 사용했고, 단시월은 바닥이 나무로 된 신을 신고 있었다. 피월려와 나지오가 대화하는 와중에도 주소군의 검과 단시월의 신이 부딪치며 연속적으로 격타음을 터뜨렸다.

피월려는 그들의 공방을 눈으로 쫓으며 말했다.

"대단한 속력이오. 설마 단 단주가 지마급인지는 몰랐소. 지마급이라면 대원으로 있을 필요가 없지 않소?"

나지오는 의외의 대답을 했다.

"단시월은 지마급이 아니야. 인마급이라고."

피월려는 믿을 수 없었다.

"설마… 주 형과 저리 치열한 공방을 주고받고 있는데 어찌 인마급의 실력으로 가능하다는 것이오?"

지금 주소군이 펼치는 검로는 용안으로도 완벽히 읽어낼

수 없을 정도로 난잡했다.

밖에서 바라보고 있기 때문에 그나마 환검과 진검의 차이를 파악하기 쉬웠기 망정이지, 만약 직접 대면하고 있다면 절대로 파악할 수 없을 것이다. 그런데 단시월은 정확한 위치에 정확한 속도로 발을 들어 주소군의 진검을 모조리 막아내고 있었다.

나지오는 단시월의 얼굴을 손가락으로 가리켰다.

"단시월의 눈을 봐봐. 감고 있잖아."

피월려는 나지오의 말에 놀람을 감추지 못하며 눈을 가늘게 뜨고 단시월의 얼굴을 주시했다.

단시월은 정말로 눈을 감고 있었다. 그런데 그뿐만이 아니었다.

"표정이 평온하기 이를 데가 없소. 저런 검공을 상대하면서 말이요."

피월려의 중얼거림에 나지오는 고개를 크게 끄덕였다.

"단시월은 본능형 무인이지. 그 선천적인 본능은 주소군의 쾌를 상쇄해 버릴 정도로 엄청나. 게다가 지금 펼치는 저 각법도 주소군의 자설검공에 밀리지 않는 환의 묘리를 담고 있어. 환만 놓고 보면 둘은 동급이야."

피월려는 부정했다.

"무인의 싸움에서 쾌와 환은 중요한 부분이지만 일부분이기도 하오. 중, 쾌, 환을 제외하더라도 중요한 요소는 여전히 많소. 절정급인 주소군은 모든 면에서 단시월보다 뛰어날 텐데 어찌 저런 비등한 싸움이 가능하다는 것이오?"

"그거야 단시월이 부족한 다른 부분은 주소군이 단시월에게 맞춰주고 있으니까."

"전혀 그렇게 보이지 않소."

"뭐가 아니야. 각법사를 상대로 검객이 거리를 저렇게 가까이 유지하는 것부터가 봐주는 거지. 주소군이 진심으로 단시월을 상대한다면, 한 장 정도는 거리를 벌리고 검기를 폭사하며 치고 빠지는 식의 운용을 하겠지. 네 말대로 내력의 총량, 내력의 폭발력, 상황 판단, 전술, 지구력, 그리고 사용할 줄 아는 무공의 숫자와 그 성취, 그 외의 수많은 부분에서 주소군이 압도적이니까."

"……."

"주소군과 단시월은 서로 가진 쾌와 환을 갈아두려는 거야. 쾌와 환은 모든 무공의 요소 중에서도 특히나 날이 상하기 십상이지. 한 번씩은 진이 빠질 때까지 미친 듯이 써주는 게 필요해. 그리고 주소군의 쾌와 환을 감당할 수 있는 건 이 지부에서 단시월밖에 없고."

"단 단주가 평범한 무인이 아닌 것은 알았지만, 이토록 강한 자인지는 몰랐소."

"강하지. 마기의 영향으로 정신이 반쯤 나가서 지마급에 오르지 못한 것뿐이지, 육체의 본 실력은 이미 지마급이야. 비무하고 있다 보면, 무의식중에 순간순간 지마급 발차기가 고개를 드민다니까."

피월려는 나지오의 표현법이 참으로 좋았다. 명쾌하고 유쾌했다.

"하하하. 그렇소? 한 번쯤 꼭 무예를 겨뤄보고 싶은 상대이오."

"관두는 게 좋아. 이겨도 얻는 것이 없고 지면 잃는 게 너무 많지."

천마신교는 기본적으로 피의 율법 아래에서 창설되었다. 대주들이나 일대원이 비무에서 사대원에게 진다면, 그 즉시 의혹이 제기되고 자리가 뒤바뀌거나 생사혈전으로까지 이어질 수 있었다.

하지만 피월려는 그것이 더 좋았다. 그는 입꼬리를 비틀며 웃었다.

"사실 제일대에 계속 있고 싶은 생각도 없어졌소. 단 단주에게 비무에서 지면 깨끗하게 물려주면 그만이오."

"큭큭큭, 내가 말했지? 제일대는 그냥 노예라고. 이젠 좀 실감하나 보지?"

"뼈저리게."

"요즘 힘든가 봐? 으흐흐."

"뭐, 그렇소. 나 선배는 어떠시오?"

"제오대는 좀 쉬고 있어. 황룡검주 사건 때문에 꽤 고생들 했으니까. 게다가 소림파의 일도 있어 당분간 큰일을 하기는 어렵지."

그때, 주소군이 갑자기 펄쩍 뒤쪽으로 뛰며 단시월과의 거리를 벌렸다.

단시월은 즉시 보법을 펼쳐 그를 따라왔지만, 주소군의 검에서 초승달 모양의 검기가 출수되는 것을 막을 수는 없었다.

단시월은 식겁하며 눈을 부릅뜨고 몸을 굴러 그 검기를 피했다.

그리고 주소군을 확 돌아보며 항의하듯 말했다.

"뭡니까? 갑자기 검기라니?"

주소군은 나무검을 획획 저으며 그 속에 담긴 내력을 거두었다.

"나 형이 웃는 거 못 들었어요? 딱 피월려가 왔다는 뜻이잖아요? 그만하죠."

"……"

단시월은 아무런 대답도 하지 않고 다시 달려들었다. 그러자 주소군은 겹겹이 쌓인 검기 수십 다발을 한 번에 쏟아부었고, 도저히 피할 틈을 찾지 못한 단시월은 반탄지기를 펼칠 수밖에 없었다.

씩!

검기 뒤로 바짝 쫓아온 주소군이 방긋 미소를 지으며, 어기충검으로 단시월의 단전에 찔러 넣었다.

반탄지기를 펼치느라 몸이 느려진 단시월은 그 검을 피할 수 없었다.

반탄지기에 어기충검은 벗겨졌지만, 목검 자체는 그대로 단시월에게 강한 충격을 선사했다.

"컥!"

단시월은 허리가 꼬꾸라지며 뒤로 물러났다가 쿵하고 앞으로 무너져 내렸다.

주소군은 나무검을 버리면서 손을 탁탁 털었다. 그리곤 피월려를 보며 역시 한 번 더 방긋 웃었다. 피월려는 그 미소에서 묘한 공포를 느꼈다.

"어서 와요, 피 형."

피월려가 잠시 대답하지 못한 사이, 나지오가 먼저 말을 가로챘다.

"뭐야? 다음은 나랑 하기로 했잖아?"

"전 그런 말을 한 적 없는데요?"

"네가 비무에서 이겼으니, 나랑 붙어야지. 승자가 계속 연무장에 남고, 도전자를 차례대로 상대하는 것이 일반적이잖아?"

"전 그런 말을 한 적 없어요. 나 형이 혼자 말씀하신 것이겠죠."

"젠장맞을. 그러면 비무대에서 나와. 내가 쓸 거야."

"승자인 제가 왜 나와야 하죠?"

"……."

주소군은 홀로 분노를 삭이는 나지오에게서 시선을 돌려 피월려를 보았다.

"피 형. 비무하실래요? 아니면 전처럼 그냥 수련?"

피월려는 힘없이 웃었다.

"내가 이번에 새로운 검을 얻었는데, 아직 익숙하지 않은지라, 한동안 직접적인 비무는 피하고 싶소."

"왜요? 어차피 무형검을 익혔으니까 상관없잖아요?"

"이번에 선택한 검으로 무형검을 벗어나려 하오. 무기를 바꿔가며 무형검을 익히는 것이 아니라 이번 무기를 내 몸과 같이 포함하여 무형검을 이룩할 것이오."

"흐응. 신검합일을 말하는 건가요? 그런데 피 형의 무형검은 어검술을 추구하잖아요? 무형검이라는 것이 사검을 기본으로 하는 것 아니었나요?"

"작은 깨달음이 있었소. 전에 주 형의 충고도 많은 힘이 되었고. 그 점에 대해서 다시 한번 감사드리오."

"그래요? 평생을 같이하겠다고 마음먹은 검이면 꽤 좋은 녀석일 것 같은데. 한번 보고 싶네요."

역화검에서 뿜는 마기는 무림인들의 시선을 끌기 충분하기 때문에, 피월려는 그것을 묘장에 놓고 왔었다.

"나중에 기회가 되면 보여 드리겠소. 지금은 아직 누구에게 보여줄 단계가 아니오."

"그래요? 흐음······."

"그나저나, 단 단주에게 갑자기 그런 기습을 한 이유가 무엇이오? 꽤 놀랐겠소."

피월려는 볼썽사납게 엎어져 있는 단시월이 불쌍하게 느껴졌다.

잘 비무하다가 갑자기 진심으로 공격하는 통에 무슨 영문인지도 모르고 패배하여 기절까지 하게 되었으니, 참으로 안타깝지 않을 수 없었다.

주소군은 조금의 미안한 감정도 느껴지지 않는 당당한 목소리로 말했다.

"단 형은 그렇게 안 하면, 어차피 납득을 못 해요."

"그래도 그렇지, 갑자기 기습하는 것은 주 형답지 않소. 단순한 비무라고 할지라도 패배는 쓰디쓴 법인데 말이오."

"피 형께서 그런 말을 할 수 있는 건, 단 형을 잘 몰라서 그런 거예요. 단 형을 잘 아는 사람이면 제 입장을 이해할 수 있을 거예요. 쓰러지기 전까지는 멈추지 않죠. 그리고 기습하지 않고 즉시 쓰러뜨릴 수 있을 정도로 만만한 상대도 아니고요."

"……."

"광인은 근본적으로 말이 안 통하니까요. 그래서 애초에 광인이라 부르는 것이고."

"광인은 말이 안 통한다라. 재미있는 말이오."

"미친개는 매가 약이라잖아요?"

"확실히……."

피월려는 오른손을 들어 입술을 매만졌다. 그의 고개는 점점 아래로 향했고, 결국 그는 그렇게 깊은 생각에 빠지게 되었다.

주소군은 그런 그를 보며 괜히 불안해졌다.

"피 형?"

"……."

"에이, 아니죠?"

"……."

"장난이시죠?"

"……."

"설마, 진짜로?"

"……."

"피 형!"

주소군은 결국 소리쳤지만, 피월려는 아무것도 듣지 못했다는 듯이 갑자기 포권을 취했다.

"잠시, 다녀와야 할 곳이 있소. 미안하지만 오늘은 나 선배와 비무를 해야 될 것이오."

그는 일방적인 통보 후, 몸을 돌려 어디론가로 뚜벅뚜벅 걸어갔다.

그의 뒷모습을 보며 주소군은 어깨가 축 처졌다.

"어쩔 수 없네. 나랑 한번 뜰까?"

나지오는 어깨를 붕붕 돌리며 활기차게 말했다. 그러나 주소군은 듣는 척, 마는 척하더니 곧 터벅터벅 걸어서 다른 복도로 가버렸다.

연무장에 홀로 남은 나지오는 머쓱하게 뒷머리를 긁더니 곧 아래 누워 있던 애꿎은 단시월을 걸어찼다.

"야, 일어나 봐. 나랑 뜨자."

단시월은 미동도 하지 않았다.

*   *   *

피월려는 묘장에 가서 역화검을 가지고 나왔다.

역화검의 마기는 괴이하고 악랄하여, 천마신교의 마인들조차도 이상하게 여길 만한 여지가 있었다.

마공으로 인간의 몸을 통해 만든 마기가 아니라 검 속에 주입된 마기라 그런 것이다. 때문에 피월려는 그것을 등에 밀착시키고는 극양혈마공을 이용하여 그 마기를 다스리려 노력했다. 하지만, 역화검은 그가 주입하는 모든 성질의 기운을 모조리 거부했다.

언제는 한 몸처럼 붙어 있더니만 참회동을 나오고 나서부터는 어떠한 교류도 거절했다.

그는 어쩔 수 없이 기운을 겉에서 압박하는 식으로 운용했다.

마치 억지로 검집을 만든 것과 같았다.

힘이 들었지만 역화검의 기운이 새어 나오지 않으니 누가 마주쳐도 모를 것이다. 그는 안심하고 천마신교 낙양지부의 복도를 걷기 시작했다.

걸으면서, 피월려는 조금 전 있었던 진설린과의 음양합일을 상기했다.

전과는 다르게 음양합일 후에 남는 극양혈마공의 양기가 매우 적다는 것을 느낄 수 있었다.

미내로의 말처럼, 그녀가 마법을 익히면서 몸속에 내재된 음기가 증폭된 것이 분명했다.

원래 천음절맥으로서의 선천적인 음기도 강력한데, 극음귀마공과 마법의 힘까지 더해지니 피월려의 극양혈마공이 그 질을 따라오지 못한 것이다. 그러니 양으로 때울 수밖에 없었고, 이는 곧 내력의 소실로 이어졌다.

이제부터는 음양합일을 통해 내력을 증폭하는 것이 아니라 소모하게 되었다.

마기의 안정을 위해서 매일 음양합일을 해야 하는 피월려의 입장에서 별로 반가운 소식은 아니었다.

피월려는 등 뒤에서 뜨겁게 느껴지는 역화검의 양기를 느꼈다.

이것과 조화를 이룰 수만 있다면 진설린의 음기와 대등한 양기를 얻을 수 있을 것이다. 하지만 역화검은 대화의 문을 걸어 잠갔다.

이런 상황에서 신검합일이나 어검술을 이루는 것은 절대로 불가능하다.

극양혈마공 때문에 필요한 양기를 위해서 역화검과 평생을 같이해야 하는데, 신검합일을 이루는 것이 불가능하다면 무형검을 익히는 피월려는 평생 검기를 사용할 수 없게 된다.

이는 있을 수 없다.

어떻게 진정한 무형검을 깨달았는데, 이런 마검 따위의 수작질 때문에 그것을 바라만 보고 있으라는 말인가?

피월려는 마음을 차갑게 식혔다.

정이고 뭐고 다 떠나서, 이 검을 굴복시켜야겠다는 생각만이 그의 정신을 지배했다.

그는 낙양흑검이 되었던 대장장이의 대장간에 찾아왔다. 완전히 방치된 그곳은 며칠 만에 먼지가 쌓일 정도로 사람의 손길이 없었다. 있었다면, 대장장이가 밖에 버린 칼과 농기구를 주워간 것뿐이었다.

언제나 불로 다스려야 하는 화로도 불이 꺼진 지 너무 오래 돼서 그런지 겉이 점차 굳고 있었다.

풀무에 전체적으로 퍼진 미세한 균열은 주인을 애타게 찾는 비명과도 같았다.

연장의 쇠는 상하기 시작했고, 물통의 물도 모두 말라 버렸다.

그렇게 대장간의 모든 물건은 그 주인을 따라 죽어가고 있었다.

피월려는 진열대 아래에 아무렇게나 버려져 있는 물건들을 조심스럽게 살피기 시작했다.

대부분 주워갈 필요도 없을 정도로 쓸모없는 것으로, 검이 없는 검집이나 부러진 기구들뿐이었다. 그는 역화검의 규격과 얼추 비슷한 검집을 모두 모아서 한곳에 모아놓고 역화검을 꺼냈다.

역화검은 피월려의 기운에 막혀서 답답했는지, 밖에 내놓자마자 오묘한 마기로 대장간 안을 가득 채웠다. 하지만 망해 버린 대장간에 올 사람은 아무도 없으므로 피월려는 걱정하지 않고, 검집 하나하나에 역화검을 넣어보았다.

생각보다 의외로 딱 맞는 것이 많았다. 대장장이가 주문 제작이 아닌 검은 대강 비슷비슷하게 만든 것이다. 그러나 그 무엇도 역화검의 마기를 숨길 수는 없었다.

피월려는 대장간 안을 하나하나 살피며 생각했다.

대장장이가 낙양흑검이 되었을 때에는 역화검을 손에 잡고 있지 않았다. 단지 허리에만 둔 채 맨손과 맨발을 사용하며 짐승처럼 움직였었다.

"그렇다면, 정말로 검집 없이 만든 것인가……."

피월려는 혹시나 하는 마음에 대장간을 전부 뒤졌으나 역화검의 검집은 나오지 않았다.

그렇다면 단순히 신검합일 혹은 어검술은 이루지 못하는 것을 넘어서, 아예 역화검을 가지고 있는 것부터 무리가 생긴다. 통제할 수 없는 역화검과 낙양 한복판을 동행할 수는 없기 때문이다.

즉, 여기서 피월려가 생각한 계획이 통하지 않는다면 역화검을 완전히 포기해야 한다는 것이다.

피월려는 심호흡을 깊게 하며 역화검을 오른손으로 강하게 쥐었다. 여전히 역화검은 피월려의 기운을 거부했다.

피월려는 그것을 내려다보며 중얼거렸다.

"통해야 할 텐데… 오늘 담판을 지어야 한다."

그는 대장간 한쪽에 있는 방문을 거칠게 열고 들어갔다. 대장장이의 기억에서 보았던 방이 있는 곳이었다. 가도무가 대장장이의 딸을 채음보양한 곳이기도 하고, 대장장이의 갓난아이를 들고 쓰다듬었던 곳이기도 했다.

처음 들어가자마자 나는 냄새는 익숙한 시신의 것이었다. 피월려는 그 냄새를 쫓아갔고, 곧 손쉽게 갓난아이의 시신을 발견할 수 있었다.

역화검의 마기로 말미암아 낙양흑검이 된 대장장이는 자기의 갓난아이가 이곳에서 굶어 죽은 것도 모르고, 복수에 미쳐 있었다.

그 시신의 모습이 보이자마자, 피월려는 역화검의 마기가 작게 진동하며 동요하는 것을 느꼈다.

피월려는 더할 나위 없는 회심의 미소를 지었다.

"크크큭. 으하하하. 역시! 역시!"

그는 신 난 발걸음으로 시신에 가까이 다가가서 역화검을 그 배에 겨냥했다. 그러자 역화검의 마기가 온데간데없이 사라졌다. 움츠러든 것이다.

하지만 아무리 살아 있는 물건이라 할지라도 물건일 뿐이다. 기(氣)는 통제할 수 있지만 물리적인 힘은 통제할 수 없다. 피월려가 힘으로 밀면, 그 검이 갓난아이 시신의 배를 뚫고 들어간다. 그것에 대해 역화검은 아무것도 할 수 있는 것이 없다.

피월려는 악마와 같은 미소를 지으며 역화검을 위아래로 훑었다.

"좋아. 좋아. 좋아. 그래도 지 자식은 알아본다 이거지?"

역화검은 미동도 하지 않았다. 물건이니 당연했지만, 피월려는 그것이 자기의 말을 숨죽이고 듣고 있다고 생각했다.

"마검이 되고 나니 잘 알겠지. 이 갓난아이가 죽었다고 끝이 아니라는 것을. 혼(魂) 말이야, 혼! 큭큭큭. 간단하게 설명할게, 잘 들어. 네놈이 내 명을 잘 따르면, 네 아들의 시체를 양지바른 곳에 묻어주지. 고승을 불러 염불(念佛)까지 부탁할 수도 있어……."

피월려는 슬쩍 양기를 넣어보았다. 그러자, 역화검은 여전히 피월려의 기운을 거부했다.

그는 말을 이었다.

"하지만 지금처럼 말을 안 들으면 네놈을 부숴 버리는 것은 물론이오, 네놈 자식의 혼을 어떻게 해서든지 마기에 오염시킬 거야. 너를 가지고 네 자식의 시체를 난도질해서 마기를 골고루 육신에 처넣는 것을 시작으로 말이지. 내 마기를 동원하든, 미내로 대주께 부탁하든 어떻게든 방법을 찾아낼 것이다. 장담하지."

역화검은 움직이지 않았다.

"내가 안 할 것 같아?"

역화검은 움직이지 않았다.

"나를 과소평가하지 마."

역화검은 움직이지 않았다.

피월려는 자리에서 벌떡 일어났다. 그리고 극양혈마공을 모조리 끌어 올려 역화검에 주입한 뒤, 지금까지 얻은 모든 깨달음을 머릿속에 차곡차곡 쌓으며 빠르게 반월을 그리며 휘둘렀다.

쾌과광!

역화검에서 뻗어 나간 반월 모양의 검기가 벽면에 부딪히며 굉음을 내었다.

피월려는 처음으로 검기를 사용한 것이다.

사검으로는 어검술을 이룩한 것이고, 생검으로는 신검합일을 이룩한 것이다.

즉, 피월려는 역화검의 주인이 된 것과 동시에 하나가 되었다.

사념을 담은 역화검의 특성상 그 사념의 동의가 없다면 이는 불가능한 일이다.

역화검은 피월러에게 완전히 굴복했다.

"크, 크하하! 크하하하하!"

피월려는 미친 듯이 웃기 시작했다.

『천마신교 낙양지부』 7권에 계속…

초대형 24시 만화방

신간 100%, 샤워실, 흡연실, 수면실(침대석), 커플석, 세탁기 완비

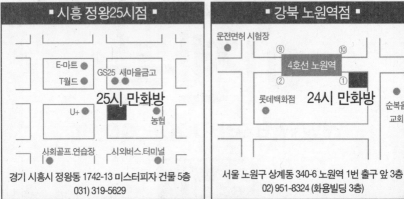

▪ 시흥 정왕25시점 ▪

E-마트
GS25 새마을금고
T월드
25시 만화방
U+
농협
사회골프 연습장
시외버스 터미널

경기 시흥시 정왕동 1742-13 미스터피자 건물 5층
031) 319-5629

▪ 강북 노원역점 ▪

운전면허 시험장
⑨
⑩
4호선 노원역
②
①
롯데백화점
24시 만화방
순복음 교회

서울 노원구 상계동 340-6 노원역 1번 출구 앞 3층
02) 951-8324 (화용빌딩 3층)

▪ 일산 정발산역점 ▪

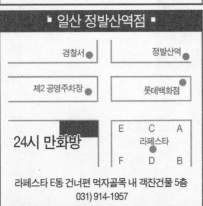

경찰서
정발산역
제2 공영주차장
롯데백화점
24시 만화방
E   C   A
라페스타
F   D   B

라페스타 E동 건너편 먹자골목 내 객잔건물 5층
031) 914-1957

▪ 일산 화정역점 ▪

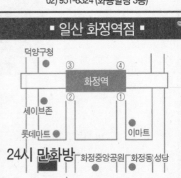

덕양구청
③
④
화정역
②
①
세이브존
롯데마트
이마트
24시 만화방
화정중앙공원
화정동 성당

경기도 고양시 덕양구 화정동 984번지 서일빌딩 7층
031) 979-4874 (서일사우나 건물 7층)

▪ 부천 역곡역점 ▪

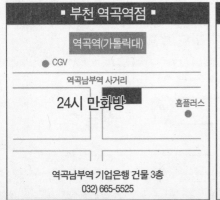

역곡역(가톨릭대)
CGV
역곡남부역 사거리
24시 만화방
홈플러스

역곡남부역 기업은행 건물 3층
032) 665-5525

▪ 부평역점 ▪

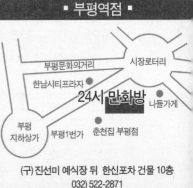

시장로터리
부평문화의거리
한남시티프라자
24시 만화방
나들가게
부평
지하상가
부평1번가
춘천집 부평점

(구) 진선미 예식장 뒤 한신포차 건물 10층
032) 522-2871

GRAND SLAM 그랜드슬램

FUSION FANTASTIC STORY

RPM 3000

가프 장편소설

RPM(Revolution Per Minute: 분당 회전수)!
150km/h 160km/h?
이제는 구속이 아니라 회전이다!!

여기 엄청난 빅 유닛과 환신(換身)에 성공한 사내가 있다.
그 이름, 황운비!

훈련은 *Slow and Steady,*
시합은 *Fast and Strong!*

꿈의 RPM 3000을 찍는 패스트 볼을 장착하고
메이저리그를 종횡무진 누빈다!

Book Publishing CHUNGEORAM

이계진입 리로디드

임경배 퓨전 판타지 소설

FUSION FANTASTIC STORY

『권왕전생』 임경배의 2015년 신작!

『이계진입 리로디드』

왕의 심장이 불타 사라질 때,
현세의 운명을 초월한 존재가 이 땅에 강림하리라!

폭군으로부터 이세계를 구원한 지구인 소년 성시한.
부와 명예, 아름다운 연인…
해피엔딩으로 이야기는 끝인 줄 알았건만
그 대가는 지구로의 무참한 추방이었다.
그리고 10년 후…….

"내가 돌아왔다! 이 개자식들아!"

한 번 세상을 구한 영웅의 이계 '재' 진입 이야기!

Book Publishing CHUNGEORAM

유행이 아닌 자유추구 -
WWW. chungeoram.com

GAME BALL

게임볼 설경구 장편 소설
FUSION FANTASTIC STORY

무명의 야구인이었던 남자,
우진이 펼치는 야구 감독으로서의 화려한 일대기!

『게임볼』

"이 멤버로 우승을 시키라고?"

가상 야구 게임,
게임볼을 통해 인생 역전을 꿈꾸는

한 남자의 뜨거운 행보에 주목하라!

Book Publishing CHUNGEORAM

유행이 아닌 자유추구 -
WWW.chungeoram.com